Alana Ghosten
e o Sorriso da Vampira

Clovis Nicacio

Alana Ghosten e o Sorriso da Vampira
de *Clovis Nicacio*

Consultoria e Projeto Gráfico
Casa do Escritor
www.casadoescritor.com.br

———————————————————

Nicacio, Clovis,

Alana Ghosten e o Sorriso da Vampira - 1 ª Edição

ISBN: 978-85-922293-0-6

Clovis Nicacio – São Paulo, Casa do Escritor: 2016

1.Ficção 2. Romance 3. Ação e Aventura Título I

Sumário

Prólogo

Desde que o mundo é mundo a humanidade vive em ciclos que se acreditam serem repetitivos e constantes.

Nossas vidas consistem de um único ciclo, formado sempre da mesma sequência de eventos e na mesma ordem: nascer, crescer e morrer.

Todos os ciclos estão entrelaçados e muito bem orquestrados, permitindo que a humanidade evolua e se aproxime cada vez mais dos objetivos traçados pelas divindades, sejam quais forem esses objetivos. Não nos é permitido conhecer os planos deles.

Mas quem pode garantir que os deuses, sendo onipotentes, não façam ajustes nos ciclos que eles mesmos criaram? A qualquer momento eles podem diminuir alguns, prolongar outros, definir quando e de que forma uma vida possa se entrelaçar com outra, ou quando serão separadas.

Para alguns escolhidos, eles podem até mesmo repetir eventualmente algum evento ou alterar a ordem em que ocorrem.

Só o que podemos imaginar, no entanto, é que tudo tem um objetivo.

Alana Ghosten e o Sorriso da Vampira

Introdução

Os dentes de leão eram sempre os mais felizes. As flores em forma de pompom não se importam de perder as sementes para o vento, por mais leve que seja. São despedaçadas sabendo que as pequenas sementes serão dispersadas para bem longe, fazendo com que a espécie seja espalhada e perpetuada.

Geralmente são desprezados como se fossem ervas daninhas. Só quem conhece sabe que são plantas comestíveis. Como a florista, colhendo todas as pequenas mudas que vão surgindo, espalhadas pelos vasos alheios, e as concentra numa floreira específica. As pequenas flores continuam sorridentes, agradecidas, mesmo sabendo que serão devoradas.

Eles têm o mesmo destino das folhas de hortelã. No fundo da floricultura existe uma pequena horta, com flores e folhas comestíveis, cuidadosamente bem cuidadas.

A mulher está no balcão, montando um buquê de rosas para atender a uma encomenda, a ser entregue no final da tarde. Trabalha sem nenhuma pressa, por ainda ser manhã, faltando pouco para a hora do almoço. Para limpar um botão, ela meticulosamente retira as folhas verdes que recobrem as pétalas, uma por uma com muito cuidado, revelando a forma de gota do botão rosado. Em seguida leva o botão até a boca e o mastiga, jogando o talo no cesto de lixo, junto com os outros.

Ela teme estar perdendo o controle. As exíguas gotas de néctar que saem da flor não são, nem de longe, suficientes para saciar a terrível sede.

Faz muito tempo que a mulher desenvolveu esta técnica. Usar as velhas amigas para atingir um objetivo egoísta. Este ano está mais difícil.

A florista toma uma decisão. Vira-se para os vasos e desabafa:

— Chega! Vocês não estão ajudando em nada. Nem imaginam o que estou passando. Não adianta só ficar aí, sorrindo.

Ela lava e guarda as ferramentas que estava usando. Tira o avental plástico e o leva até o gancho onde sempre o mantem pendurado. Coloca as luvas na gaveta destinada para isto. Troca as botas de jardinagem por sandálias. Pega a bolsa tiracolo que sempre usa e lança um último desafio para as plantas:

— Eu sei do que estou precisando! Um belo e suculento bife malpassado. Muito melhor do que vocês!

Virou as costas e saiu.

Parte 1 — Ela

1 — Comilança

Era apenas mais uma quente tarde de junho, daquelas que o termômetro parece nunca se afastar da marca dos trinta e cinco graus. Como sempre, o calor estava terrível naquela agitada rua do bairro do Tatuapé, em São Paulo, apesar de oficialmente ser inverno.

Claudius mais uma vez estava almoçando no Comilança, um restaurante self-service situado a duas esquinas de onde trabalhava. Nos quase cinquenta anos em que viveu, sempre gostou de comida boa, embora estivesse tentando interromper o acúmulo de peso. Perder peso parecia um sonho impossível de realizar. O que estava conseguindo era apenas evitar que aumentasse.

Naquele restaurante podia optar por comidas mais saudáveis, mais verduras e legumes. Mas falhava no autocontrole, sempre pegava também os outros pratos mais calóricos, e nem sempre em pequena quantidade.

Quase duas horas da tarde, os três amigos estavam terminando mais um almoço. Ele estava acompanhado por Serguei e Reginaldo, dois frequentes companheiros do trabalho. Serguei era o mais novo integrante da equipe, magro, também chegando aos cinquenta, ou tendo passado pouco disto, sempre divertido e conversador. Não parecia oriental, mas tinha descendência. Reginaldo era mais jovem, ainda na casa dos quarenta, bonachão e gozador. Era um ex-gordo que tinha conseguido emagrecer. Formavam, consequentemente, um grupo bem heterogêneo.

O Comilança tinha dois pavimentos. O térreo estava apinhado de gente e repleto de cheiros e fumaça. Cheiro de vários tipos de comida, fumaça da churrasqueira que ficava num dos cantos. Para quem já estava acostumado, era um estimulo para os paladares. O difícil era se acostumar.

Ao lado da churrasqueira havia uma escada que descia para o pavimento inferior. Era mais aconchegante, tinha menos iluminação, menos cheiros e quase nenhuma fumaça.

Foi neste pavimento que os amigos conseguiram uma mesa vazia no meio do salão, para quatro pessoas, onde puderam sentar os três juntos. Havia poucas mesas no local, e quando estava cheio, era normal algumas pessoas se sentarem em mesas que já estavam ocupadas, desde que houvesse cadeiras vagas. Algumas vezes até se iniciavam conversas entre estranhos.

Terminado o almoço, como era de praxe, fizeram um último pedido. Serguei chamou uma garçonete que passava por perto naquele momento e pediu:

— Por favor, três expressos puros.

Mesmo com o calor, nenhum deles dispensava um café depois da refeição.

Não demorou quase nada para que fossem atendidos. Tomaram seus cafés falando de futilidades, como em todos os dias.

Quando se levantavam para sair, Claudius se virou para perguntar alguma coisa a Reginaldo. Neste momento notou que a mesa mais ao fundo, junto da parede, também estava ocupada. Se não tivesse se virado, nunca teria percebido que havia mais uma pessoa lá no fundão. Por um momento imaginou que aquele lugar seria perfeito para alguém que quisesse passar despercebido, que não quisesse ser visto.

Curioso, tentou observar quem era a pessoa. Foi o momento em que a viu pela primeira vez.

2 — A garota

Mesmo estando há vários metros e em apenas poucos segundos, por ser um profissional detalhista, ele conseguiu analisar algumas coisas.

A moça aparentava ter entre 22 a 25 anos, pele morena clara, oriental, provavelmente japonesa, cabelos negros compridos, até abaixo dos ombros, magra, esbelta, com um rostinho de menina. Usava uma blusa branca folgada sobre calças jeans. Não viu o tipo de calça que ela usava, pois estava escondida pela mesa, mas deduziu que era jeans. Só podia ser. A garota tinha jeito de quem sabia combinar as roupas. Definitivamente linda.

Desde que a viu não conseguiu mais desviar o olhar. Como se fosse um magnetismo atuando entre ela e os olhos dele.

Não ouviu a resposta de Reginaldo, para seja lá o que for que tivesse perguntado. Nem se lembrava mais da pergunta. Os dois amigos já estavam saindo. Reginaldo passou por ele seguindo Serguei em direção da escada, para subirem ao térreo e sair para a rua.

Se sentia paralisado, não querendo ou não podendo sair do lugar em que estava. Como que atraída pelo olhar insistente, a moça levantou o lindo rosto para observar o movimento e seus olhares se encontraram, por uma muito breve fração de segundo. Os olhos tinham um brilho diferente, mas não soube identificar o que era. Como se ela estivesse procurando ou esperando por alguém.

Enquanto estava com o rosto levantado, uma gota de sangue escorreu pelos lábios dela. Provocou um delicioso arrepio, embora aquilo fosse normal numa churrascaria. Ela limpou tudo com um guardanapo, com movimentos leves e estudados, como se não quisesse perder nenhuma gota. Coisa normal de quem saboreava uma deliciosa e cara picanha.

Claudius já nem sentia mais o sabor do café. Com um esforço enorme, se virou e foi em direção da escada. Seus companheiros já tinham subido e deviam estar na fila do caixa, para pagar a conta. Cada um pagava o que consumiu.

Enquanto subia ainda se virou várias vezes para observar o fundo do salão. A moça continuava almoçando tranquilamente, como se nada tivesse acontecido. Realmente, não havia acontecido nada.

Continuou andando devagar, em direção do caixa para pagar a conta. Seus amigos não entendiam o porquê daquela moleza. Reginaldo ainda questionou:

— Qual é, Claudius, se mexe. Seu café estava batizado? Temos que trabalhar, cara!

Não sabia o que responder. Queria ficar ali, esperar a moça terminar o almoço, subir a escada, queria ver o jeito dela andar, como era de corpo inteiro, queria ... segui-la! Para qualquer lugar.

Porém, tudo o que conseguiu dizer foi:

— Vocês viram aquela garota na mesa do fundo?

Reginaldo respondeu:

— Que garota? Alguma famosa? Acho que você está ficando lelé, Claudius. Cuidado, deve ser sinal de aposentadoria precoce...

E saíram, Reginaldo rindo debochadamente.

7

Saiu dali sabendo apenas que precisava voltar, não só para almoçar e tomar café. Mais alguma coisa ficou no ar, além da fumaça.

3 — O sorriso e um decote

Claudius voltou ao Comilança todos os dias na semana que se seguiu. Foi difícil convencer os companheiros a voltar sempre ao mesmo lugar, mas insistiu tanto que eles acabaram cedendo. Todos gostavam de variar onde almoçavam ou tomavam o café e geralmente não repetiam o mesmo local do dia anterior.

Não viu a garota em nenhum dia.

Exatamente uma semana depois, numa quarta-feira, os amigos disseram que queriam almoçar uma feijoada, o prato do dia. Mas a melhor que eles conheciam era em outro restaurante, não no Comilança. Disfarçadamente, disse que não estava bem para uma comida tão pesada. Podiam ir sem ele.

Seguiu sozinho para o mesmo lugar, continuando a busca pelo desconhecido que lhe martelava a cabeça. Na última semana sentiu o coração mais acelerado do que o normal. Talvez o remédio para pressão, o que tinha que tomar diariamente, não estivesse fazendo efeito. Do jeito como se sentia, estava precisando, urgentemente, era marcar uma consulta com um cardiologista. Ou melhor, com um médico de coração, até uma cartomante serviria.

Neste dia deu certo. Quando desceu as escadas, ela estava lá, almoçando calmamente na mesma mesa. Vestia uma blusa regata verde, folgada, que deixava expostos o pescoço e ombros. Cabelos presos atrás da cabeça. Mais linda ainda do que lembrava da outra vez.

A maioria das mesas estavam ocupadas. Como estava sozinho, podia escolher qualquer cadeira vazia em qualquer mesa, pois seria uma coisa normal. Na mesa ocupada pela garota, de quatro lugares, três estavam vazios. Sem pensar, foi direto para o fundo do salão, com o coração palpitando.

— Com licença, se importa se eu me sentar aqui?

— Fique à vontade.

Que voz maravilhosa! Feminina, suave, determinada, baixa, perfeita. Combinava com a beleza dela. Como três palavrinhas podiam transmitir tanta perfeição?

— Estou sozinho hoje. Meus amigos foram almoçar em outro lugar.

— Geralmente só venho aqui quando estou sozinha também.

Maravilha, ela não se importava de conversar com um estranho.

— Você deve ter muitas amigas. Elas não gostam da comida daqui?

— São poucas. E gostam de variar o cardápio, sabe? Um dia comida japonesa, outro dia massas, no outro churrasco, coisas assim. Cada dia em um lugar.

— Meus poucos amigos também são assim. Hoje foram comer feijoada...

— Mas você gosta desta comida. Já te vi almoçando aqui no outro dia...

"Nossa!". Ela não o chamou de "senhor" e tinha percebido sua existência. A garota merecia um Prêmio Nobel...

Involuntariamente começou a ficar agitado, excitado por não ter sido chamado de "senhor". Tentou disfarçar.

— Também te vi no outro dia. Você trabalha aqui por perto?

— Sim, numa floricultura na rua de baixo. É um lugar bom de se trabalhar, gosto das plantas... Principalmente das flores.

Ela sorriu ao falar da floricultura, nada demais. Ou foi das plantas. Pareceu que uma centena de holofotes foram ligados ao mesmo tempo. O sorriso da menina tinha a capacidade de iluminar um campo de futebol, de tão lindo que era.

Aquela luminosidade toda aumentou a agitação que sentia, a transformando em tremedeira. Tentou pegar o copo com refrigerante para tentar se acalmar, mas tudo o que conseguiu foi derrubá-lo desastradamente, na direção da jovem.

Ela se assustou, dando um pulo para trás para não ser atingida pelo refrigerante, com uma agilidade espantosa. Quase derrubou a cadeira, inexplicavelmente saindo pelo lado.

Nesse movimento a blusa decotada se moveu e pareceu que, involuntariamente, seria mostrado mais do que ela pretendia expor. Claudius sentiu um calafrio na espinha e desviou o olhar para o chão: não estava preparado para estas surpresas. Não se tratava do vexame, mas do decote da menina. Quando voltou a levantar o olhar, ela já estava sentada e recomposta. Ele ainda não, envergonhado pelo desastre.

Conseguiu recuperar voz suficiente para dizer um tímido "Desculpe.", espalhando guardanapos pela mesa molhada. O coração inconformado queria sair pela boca. O rosto devia estar vermelho como um tomate maduro. Tinha estragado tudo!

Ela educadamente disse que não foi nada. Terminou a picanha que estava saboreando, limpou o sangue no prato misturado com a farofa, pediu licença e saiu em direção da escada. Caminhava graciosa como uma princesa. Se é que ele tinha noção de como as princesas graciosas caminhavam.

Claudius queria, mas não pôde acompanhá-la. As pernas não respondiam. Queria chamá-la de volta, mas nada do seu corpo obedecia. Estava completamente paralisado, pela vergonha do desastre.

Dentro da cabeça, o cérebro estava fervendo. Já tinha idade mais do que suficiente para se considerar um homem maduro e não entendia como um sorriso e um decote podiam ter feito tanta destruição.

Apesar de ser aquele sorriso maravilhoso e... "Não devia ter virado o rosto, imbecil! ".

4 — Amor Perfeito

No mês seguinte, julho, Claudius caminhou por todas as ruas do bairro, procurando por todas as floriculturas. Nem tinha certeza se tinha ouvido direito, se ela realmente tinha dito "rua de baixo". Suas lembranças daquele dia eram confusas. O vexame do copo sempre voltava na frente de qualquer coisa.

Existiam três floriculturas na rua mais abaixo, duas na rua de cima, mais umas quatro nas outras ruas próximas. Nunca reparou que eram tantas, para um local longe dos cemitérios. Já tinha passado por todas e em nenhuma encontrou a garota. Tinha visitado até bancas de rua que vendiam flores de plástico. Nem sequer sabia o nome da menina, para poder perguntar. E não sabia de onde vinha aquela necessidade de encontrá-la, de vê-la, de falar com ela, de receber um sorriso...

O sorriso. Não conseguia esquecer aquele momento. O sol e a lua deveriam se envergonhar por não ter tanta beleza. Essa visão poética denunciava que estava ficando louco.

Já não almoçava mais com os companheiros. O Comilança virou uma obsessão. Todos os dias seguia para lá, como se fosse uma obrigação, na esperança de encontrá-la. Em vão.

Quando não a encontrava, comia apenas uma refeição mínima, superleve, e saía para circular pelas ruas próximas, aproveitando a hora de almoço. Não tinha destino certo, só queria visitar as floriculturas. Principalmente as da rua de baixo.

Foi assim que, distraidamente, entrou na "*Floricultura Amor Perfeito*", uma das que tinha visitado inutilmente várias vezes. Era uma quinta-feira, três semanas e um dia depois de almoçar na mesma mesa que sua obsessão.

Estava olhando alguns vasos de pimenteiras, perdido no tempo e no espaço, quando uma voz muito bonita o despertou. Vinha de alguém que estava alguns metros à sua frente, sem que ele percebesse de onde tinha surgido:

— Claudius, posso ajudar?

Era ela. O coração acelerou, de novo. Começou a tremer, de novo. Estava para ficar sem voz, de novo. Como ela sabia seu nome?

Respirou fundo, quando percebeu que em sua total paranoia ainda estava usando o crachá da empresa, com o nome impresso. Esteve pendurado na camisa durante todo o tempo em que caminhara pelas ruas. Outro vexame. Se os amigos soubessem, além da aposentadoria pediriam internação imediata num hospital para doentes mentais. A garota voltou a perguntar:

— Quer levar um pé de pimentas?

— Sim, gosto de ter pimentas em casa. Elas tiram mau-olhado. Estas estão muito bonitas.

— Eu as trouxe ontem. Pode escolher qualquer uma, faço um embrulho para você, sem machucá-las.

Ela sorria, não só para as plantas, mas para ele também, por ter elogiado as pimentas. Ainda mal acreditando que a tinha encontrado, sentiu a paralisação chegando novamente, consequência da emoção. Precisava reagir.

— Então é aqui que você trabalha?

— Sim, esta loja é da minha mãe. A maior parte do tempo é ela quem fica aqui, enquanto eu faço entregas e visito nossos fornecedores. Hoje ela precisou sair, com nossas duas ajudantes, então eu fiquei no lugar delas.

Ele não sabia o que responder, ainda se sentia nocauteado por tê-la encontrado.

— Vou levar aquela mais cheia.

Apontou para um dos vasos de pimenteiras.

Desta vez a menina vestia uma camiseta amarela, larga, com gola redonda e mangas folgadas. Calça de moletom preta e botas de plástico, curtas, pretas também. A roupa a deixava bem à vontade para trabalhar com plantas, como uma jardineira. Passava a impressão de que não pretendia sair para a rua.

Fez um esforço enorme para pegar o embrulho que ela fez, tentando não tremer e quebrar o vaso. Pagou e já estava para sair, quando percebeu a oportunidade. Voltou-se para perguntar:

— Você sabe o meu nome e eu nem sei o seu...

— É Alana.

Estava muito tenso para ouvir direito:

— Como? Lana?

— Não, Alana, com "A"...

— Alana, que nome bonito! Não te vi mais no Comilança. Achou algum lugar melhor?

— Não, foi falta de tempo mesmo. Estamos com muito serviço, ultimamente só tenho feito lanches.

— Nunca pensei que flores vendessem muito sem ser feriado de Finados...

— Minha mãe também faz decoração para casamentos, batizados, festas, coisas assim. Fazemos até arranjos para velórios. Hoje mesmo, ela e as meninas estão decorando uma igreja para um casamento...

— Quer dizer que você ficou sem almoço hoje?

— Já comi um lanche, comprei mais cedo.

— Não é justo. Ninguém pode ficar sem comer apenas para trabalhar...

Ela pareceu gostar da preocupação dele. Parecia sincero.

— Acho que posso descontar amanhã, o trabalho só vai apertar de tarde. Estava pensando em comida japonesa. Gosta?

Ele nunca tinha provado comida japonesa. Sabia que era feita com peixe cru, e nunca teve coragem de experimentar.

— Adoro. Mas não sei os nomes dos pratos e nem sei usar pauzinhos. Se importa de me ensinar?

— Sem problema. Fiquei sabendo que abriu um novo restaurante japonês na Rua Cantagalo, a dez minutos daqui, que eu quero conhecer. É rodízio. Você pode passar aqui amanhã, uma da tarde, para a gente ir juntos?

Foi a vez dele sorrir, de orelha a orelha. Mas que não iluminou nem a ponta do próprio nariz.

Saiu dali em estado de graça. Tinha encontrado a deusa cujo sorriso ofuscava o sol, sabia onde ela trabalhava, sabia o nome dela e recebera um convite para almoço... "Deus existe!".

Voltou ao trabalho renovado. O mundo parecia muito mais bonito. Até possuía um pé de pimenta para tirar todos os maus olhados.

Só não sabia o que fazer depois disso. Foi imediatamente procurar Serguei, para perguntar o que se comia num rodízio de comida japonesa.

5 — Inofensivo

Num primeiro momento, Alana não gostou daquele sujeito descaradamente interessado nela. Já o tinha visto outras vezes investigando a loja, mas permaneceu oculta nos fundos. Ainda estava se habituando àquela nova atividade: trabalhar numa floricultura em contato direto com o público. Não combinava com o modo de vida que adotou há muitos anos, quando preferiu ser invisível: não chamar pela atenção de ninguém era mais seguro e mais saudável.

Só aceitou essa função para não ter que ficar discutindo com a mãe, o que terminaria por provocar atitudes mais drásticas. Estava ficando irritada com as conversas dela, dizendo que precisava se casar ou que não podia ficar tanto tempo sozinha. Como se isto importasse...

Dona Naomi parecia se esquecer de que era apenas uma mãe adotiva, e não tinha consciência de que ainda não havia chegado o momento de ambas recuperarem suas liberdades. E quando isto acontecesse não seria consequência de um casamento.

A floricultura reduziu essas conversas chatas, diminuindo o tempo para discussões. Em contrapartida a deixava exposta, em contato com muitas pessoas diariamente. Era preciso redobrar a atenção cada vez que um novo cliente aparecia. Seria mesmo um cliente? Precisava ficar vigilante até quando saía para um simples almoço.

E foi num almoço que esse Claudius apareceu do nada. Passado o primeiro momento, pode ver que ele era inofensivo: sua atitude mais perigosa foi quando quase a encharcou de refrigerante. Para conferir as intenções do homem, provocou aquele segundo almoço, onde teve a certeza de que ele não foi enviado para investigá-la. O tolo estava interessado apenas no que ela aparentava, não no que realmente era. Completamente o contrário do que seria esperado dos inimigos.

Foi divertido vê-lo todo atrapalhado. Logo que chegaram ao restaurante e o garçom perguntou o que deveria ser servido, entendeu de imediato que ele nunca havia sequer entrado em um restaurante japonês. Para outros restaurantes, um rodízio significava oferecer todos os pratos já prontos e os clientes escolhiam qual aceitavam. Rodízio de comida japonesa é diferente: pode-se optar antes por quais pratos serão preparados, evitando desperdício. Ele desconhecia isso, não sabia os nomes dos pratos e nem o que cada um continha.

Quando as porções começaram a chegar, teve vontade de dar gargalhadas com as expressões involuntárias que ele fazia, mas conseguiu se controlar. Não seria adequado rir da cara do seu convidado. Ela ajudou em tudo o que pode, ensinando os nomes e contando quais eram os ingredientes.

Claudius tentou agir naturalmente, comendo de tudo, numa tentativa desesperada de impressioná-la. O ponto alto do almoço foi quando tentou provar o shimeji. Pode ver o tremendo esforço que ele fez para pôr o primeiro pedaço na boca, mesmo tendo lhe informado que eram apenas cogumelos. A expressão que ele fez foi hilária. E depois do sacrifício que foi provar o primeiro pedaço, ele gostou, pois comeu toda a porção.

Com o rashi, que ele chamava de "pauzinhos", foi outra piada. Ele não conseguia segurá-los de jeito nenhum. No começo ela teve de se manter numa distância segura, para não ser atingida pela comida arremessada em todas as direções. Para reduzir o perigo, segurou na mão dele para colocar o rashi na posição certa, várias vezes. Ele parecia atingido por um relâmpago cada vez que ela o tocava, mas se comportou muito bem, apesar dos calafrios que aparentava. Não imaginava que o esforço para comer uma comida desconhecida provocasse aquelas reações.

Mas ele sobreviveu ao almoço. Estava até sorrindo quando a acompanhou de volta à floricultura e depois voltou ao trabalho. E ela nunca se divertiu tanto.

Estava evidente que Claudius a procurava insistentemente, quase a perseguindo, sem nenhuma intenção de prejudicá-la. Apenas queria atenção. Pobre coitado. Não imaginava que se tivesse sucesso passaria a correr um risco mortal.

Parte 2 — Conflitos

6 — Calvário

Em quase todos os sentidos, Claudius era uma pessoa comum. De origem humilde, orgulhava-se de ter se sustentado sozinho desde que atingira a maioridade, de ter comprado seu primeiro apartamento antes de casar, de sempre possuir o próprio carro, e depois de casado sempre sustentar a casa sozinho. Era um sobrevivente, apesar de todas as dificuldades.

Adorava o trabalho atual, onde estava nos últimos 23 anos. Era onde se sentia bem, respeitado pelos companheiros e pelos clientes, onde se sentia gente.

Diferente de quando o dia terminava e precisava voltar para casa, considerado um calvário. Toda volta para casa era um sacrifício.

Estava casado há muito tempo, tinha duas filhas que adorava, mas sentia que nunca tivera um lar.

Era óbvio que seu casamento estava arruinado, por pelo menos 15 anos. Sua segunda filha já foi uma tentativa de salvar o casamento, mas conseguiu manter as pessoas juntas. Tinha consciência de que estava apaixonado quando casou, mas não sabia quando o amor terminou e nem quem foi o responsável. Saber isso nesse momento não faria a menor diferença.

Estava acomodado, com medo de tentar mudar qualquer coisa. A idade o fazia se sentir velho e cansado, sem horizontes. Apenas o trabalho proporcionava algum conforto. E agora, aquela menina.

Não conseguia entender direito o que sentia pela garota, mas estava claro que ela mexeu com algo dentro dele. E temia não ter qualquer chance de descobrir o que era, por mais que desejasse.

Era um velho, com no mínimo o dobro da idade da menina, sem dinheiro, estava casado, não era bonito nem atlético, não tinha carros da moda, nem motos envenenadas, nem sequer sabia dançar direito... E só depois de velho descobriu que gostava de comida japonesa.

Queria fazer alguma coisa para chamar a atenção daquela garotinha na flor da idade, aquele espetáculo de menina.

Só almoçar com ela, quando a encontrava por acaso, não resolvia a ansiedade. Quando ela o convidou e ele foi ao almoço, quase morreu para não provocar outro desastre. Aquelas comidas não eram nem de perto o que tinha imaginado, apesar da conversa com Serguei. O estranho foi que depois do almoço, quando já estava de volta ao trabalho, se sentiu leve e satisfeito. Se lembrando até dos sabores e gostando das lembranças.

Devia ser consequência da presença da Alana. Foi maravilhoso ver como ela sorria, parecendo verdadeiramente feliz. Quando ela segurou na mão dele, para ensiná-lo a usar os pauzinhos, ele sentiu uma energia maravilhosa invadindo todo o corpo, um calor que nunca havia sentido antes, mas que dava calafrios. Por sorte havia tomado o remédio de pressão pela manhã.

Estava na obrigação de retribuir aquele almoço perfeito, com algum outro tipo de comida. Ou a mesma, que já não parecia tão estranha. Mas era urgente fazer alguma coisa. Longe de casa.

Qualquer coisa que tentasse, não queria fazer papel de ridículo.

7 — Outros ridículos

Nas semanas seguintes ele ainda não havia encontrado nenhuma solução. Não viu mais Alana desde aquele último almoço. Ela devia estar muito ocupada.

Mesmo passando em frente da Floricultura quase diariamente, não conseguia vê-la pelo lado de fora. Tinha vergonha de entrar e procurá-la, sem um motivo válido. Não podia comprar pimentas todos os dias.

Vivia angustiado e isso o estava deixando acabado. E só piorava, dia a dia. Estava vivendo distraído a maior parte do dia, sempre pensando na inutilidade da própria vida e sem ver saída.

Para piorar, ouvia conversas dos amigos. Enquanto almoçavam num dos restaurantes que frequentavam, desta vez não era o Comilança, foi despertado do torpor por um trecho de conversa:

— ... bem feito para ele, quem mandou ser trouxa.

Era Reginaldo conversando com Serguei, usando seu linguajar característico. Serguei retrucou:

— Todo mundo tentou avisar ele. Mas o cara queria ser o rei do pedaço, não ouvia ninguém.

Claudius entrou na conversa:

— Peraí... Não peguei o começo da conversa. De quem vocês estão falando?

— Qual é, Claudinhus. Tava viajando de novo? Acorda, planeta Terra te chama...

Reginaldo não perdia uma chance de espezinhar. Mas foi Serguei quem respondeu:

— Lembra quando falei daquele cara que trabalhou comigo antes de eu vir para cá, e que foi transferido para Brasília? O cara pirou e se ferrou de vez...

— O que aconteceu?

— Assim que pegou o dinheiro da transferência, ele largou a mulher, pediu divórcio e foi viver com uma menina nova que tinha conhecido por lá. A mina limpou a grana dele, lhe deu um pé na bunda e agora o cara tá sem grana e sem mulher. Completamente ferrado.... Ainda bem que não tinham filhos...

Claudius não sabia porquê, mas sentiu aquilo como um tapa na cara. Imaginava o que o sujeito teria passado para largar tudo e seguir uma menina nova.

Qual seria a reação dos amigos se fizesse a mesma coisa?

— E a menina, sabe como foi que ele a conheceu?

— Deve ter sido em algum inferninho. Tem uma turma que só pensa nisso. Na última vez que falei com o cara, ele me disse estar acompanhando uma turma de executivos que frequentava clubes fechados, lá em Brasília.

— Então foi bem feito. Ele procurou.

— Pois é. E acabou ferrado.

8 — De mal a pior

A situação em casa não melhorava. Não havia mais diálogos, apenas reclamações, cobranças e agressões verbais. Mais insuportável a cada dia.

Se isolava cada vez mais, sempre muito criticado.

Não via saída.

Quando estava no trabalho se sentia um pouco vivo. Lá, era respeitado. Lá, ele não era apenas um estúpido carregador de sacolas, ainda era considerado inteligente, capaz e promissor.

Talvez ainda não estivesse completamente no fundo do poço. Se tinha mesmo alguma inteligência, como seus companheiros imaginavam, teria que achar alguma forma de salvar a existência, saindo daquele zero total. Mesmo que fosse chamado de ridículo.

Procurava desesperadamente por uma luz no fundo do túnel.

9 — Mudança de rumo

Foi nesse estado de espírito que reconheceu precisar de uma mudança radical. Não podia ficar apenas vendo os dias passarem, esperando a chegada da morte.

Se tentasse alguma coisa e desse errado, pelo menos teria tentado.

Começou a enumerar o que faltava:

Primeiro, precisava de uma mudança de ares. Continuar acomodado naquela casa não ajudava em nada.

Mas para mudar precisava de um lugar para ir, então a prioridade era conseguir o lugar, depois a mudança.

Então precisava de dinheiro para conseguir um lugar, e a ordem das coisas mudava de novo. Percebeu que estava se embananando cada vez mais. Depois de horas matutando pensou ter chegado num plano executável.

Em linhas gerais era:

1— Levantar algum dinheiro e comprar um apartamento.

2— Mudar para o apartamento, sozinho.

3— Começar outra atividade que pudesse proporcionar um novo padrão de vida.

4— Obter o divórcio.

Tudo isso levaria algum tempo, mas valeria a pena. Seria abdicar de toda a vida já vivida, que não lhe rendeu nada? Estava mais sozinho do que nunca.

E todo o tempo pensando na garota. Não podia fazer nenhuma aproximação direta, pois temia ser rechaçado na hora. Mas não desistiria fácil da inspiração para voltar a viver.

10 — Planos com ela

Fez outra lista do que precisava com relação a Alana:

1— Se manter por perto, mas sem incomodar.

2— Conhecê-la melhor. Conhecer seus gostos, seus desejos. Tinha observado as mãos dela, nenhum sinal de anel ou aliança. Talvez tirasse para lidar com as plantas, mas não parecia ser o caso. Desejava profundamente que não fosse casada, pois isso seria trágico. Mas era provável que, linda daquele jeito, tivesse um namorado ou um noivo. Teria que descobrir isso, mas sem dar bandeira.

3— Precisava desenvolver uma amizade mais profunda com ela. Quando fossem bastante amigos o risco de ser rejeitado seria bem menor. Não tinha ideia de onde aquilo terminaria. Um segundo casamento quando estivesse livre, parecia ser a possibilidade mais remota possível. Mas se Alana aceitasse, seria o máximo dos máximos.

4— Quando estivesse morando no apartamento novo, a convidaria para fazer a decoração. Afinal ela trabalhava numa floricultura, devia entender de decoração. Isso tinha dois objetivos: a aproximação maior entre os dois e deixar que ela se identificasse com o apartamento. Tendo o próprio toque, talvez um dia ela aceitasse o papel de dona do lugar, vindo morar ali.

Pensando friamente, não tinha nada a perder. No máximo, receberia dela um soberbo "Não, me esqueça seu velho caduco!". Se fosse discreto, seria apenas entre os dois, então sumiria da vida dela e tentaria seguir adiante. Mas poderia ser o contrário. Se conseguisse um mínimo de atenção, nem que fosse apenas por curiosidade, um único beijo seria o maior dos prêmios, o primeiro passo para o máximo dos máximos.

Tudo podia ser apenas um sonho, talvez impossível de realizar, mas ansiava para que os planos não fossem apenas delírios ridículos de um velho demente...

Conhecia o perigo dos sonhos, principalmente dos impossíveis. É preciso continuar sonhando para sempre, pois quando se acorda, eles viram apenas lembranças. E com o passar do dia, desaparecem. Aquele sorriso valia qualquer coisa, até sonhar acordado!

11 — A última saída

Quando pensou ter definido o objetivo, passou a elaborar os detalhes.

Começaria sacrificando o trabalho, pelo menos por um tempo. Saindo agora, a indenização de 23 anos seria suficiente para comprar um apartamento pequeno. Comprando um de valor equivalente à casa que possuía, negociaria o divórcio, deixando a casa para a esposa e filhas e ficando com o apartamento. Caso sobre algum dinheiro, proporia a divisão em partes iguais. Procurando um juiz de paz, conseguiria fechar um acordo amigável, sem gastar com advogados.

Tinha que pensar na pensão para as filhas. Isso poderia ser um problema, pois no momento estaria desempregado. Então vinha a segunda parte do plano. Desde algum tempo estava amadurecendo a ideia de abrir a sua própria empresa: uma consultoria no ramo em que atuou por todos aqueles anos. Sabia que o investimento inicial seria pequeno, e que os ganhos a médio prazo poderiam ser muito bons. Claro que exigiria muito trabalho, mas isto nunca o assustou. Afinal, trabalhar era só o que sabia fazer.

Toda essa operação deveria ser feita em curtíssimo tempo, pois odiava a ideia de deixar as filhas desamparadas. Era mandatório sincronizar tudo, para que acontecessem quase que simultaneamente: receber a indenização, pagar o apartamento à vista e dar entrada na papelada da empresa. O divórcio poderia demorar um pouco mais.

Era o caminho para voltar a ser livre, antes de recomeçar a viver...

12 — Caminho sem volta

A decisão final foi ajudada pelo destino. Aconteceu no final de uma tarde em que encontrou Serguei preocupado com alguma coisa:

— O que aconteceu, cara? Está com cara de poucos amigos...

— Encontrei uma amiga do RH, no elevador, quando voltava do almoço. Lembra da Angélica?

— Aquela patricinha, que está sempre usando a última roupa da moda? Já conversei com ela algumas vezes, é uma pessoa bem legal. Está sempre atualizada com as últimas notícias...

— Então, foi a última notícia dela que me preocupa. Já ouviu falar do novo PDI?

— Não, o que vem a ser isso?

— Plano de Demissão Incentivada. Foi aberto ontem. Parece que o novo diretor, aquele que parece um moleque de tão novo, quer se livrar dos dinossauros, ou seja, de nós. Qualquer funcionário com mais de 45 anos pode se inscrever, para ser demitido imediatamente, nem precisa cumprir Aviso Prévio. Vai receber todos os direitos, um salário extra para cada ano trabalhado e ainda a liberação do FGTS com os adicionais pela demissão.

— Este PDI é obrigatório?

— Não, é opcional e fecha em um mês. Mas, cá entre nós, acho que quem não aderir vai ser demitido depois, sem nenhuma vantagem. Ou seja, estamos com a corda no pescoço. Podemos escolher entre pular no fogo ou queimar na frigideira.

— Isso é um absurdo! Sem a nossa experiência essa empresa afunda. Esse diretor não pensou nisto?

— Já disse, é um moleque inconsequente. Acha que pode nos substituir contratando universitários recém-formados, muito mais baratos. Outros como ele mesmo.

Claudius voltou para a sala que ocupava digerindo a informação. Por incrível que pareça, não estava preocupado com o futuro da empresa, como vinha fazendo nos últimos 23 anos.

Sem mais tempo a perder, a decisão estava tomada.

Fez e refez todas as contas de quanto conseguiria arrecadar.

Naquela mesma semana começou a procurar um apartamento.

Fechou a cara em casa e começou a soltar algumas indiretas, preparando o terreno para a despedida. Não seria uma surpresa quando anunciasse a decisão.

Iniciou o contato com alguns americanos, que poderia representar assim que abrisse a empresa. Iniciou a coleta da documentação necessária.

No último dia de agosto, estava suando frio quando se dirigiu para a sala do chefe, para uma conversa definitiva sobre um PDI.

Estava pondo a roda para girar, e estava consciente de que era um caminho sem volta.

Uma decisão solitária e definitiva, sem sequer parar para pensar no que se passava na cabeça da Alana.

Parte 3 — O segredo de Alana

13 — Encontro com o Imperador

Alana também tinha os próprios planos. Aliás, era uma excelente estrategista, sabendo o que queria e como conseguir. Mas nem sempre foi assim.

Lembrava-se de como tudo começou há quase duzentos e oitenta anos. Embora do começo mesmo fossem poucas lembranças, da longínqua época quando ainda era a filha caçula, vivendo com os pais e um irmão mais velho. Uma família simples de camponeses, lavradores de arroz, num campo no interior do Japão feudal. Tinha acabado de completar 24 anos. Seus pais ainda não tinham encontrado um marido adequado, entre os demais camponeses. Ou eram muito jovens ou já estavam casados. Ela não se importava, podendo esperar. Sonhava com um príncipe, não com um camponês.

Naquela época, por volta de 1730, em pleno século XVIII, o Japão era governado pelo poderoso Xogum, o representante do Imperador, comandante de um exército de guerreiros composto de milhares de samurais. Formavam a classe dos militares. Além deles, a população era composta por nobres, por muitos camponeses e uns poucos comerciantes. A economia da época dependia principalmente das plantações de arroz.

Ela ouvia os mais velhos comentando de um palácio nas redondezas, ocupado por samurais do Imperador há apenas poucos anos. Esperavam que aquilo pudesse oferecer mais segurança para o povo oprimido.

Mas havia mais coisas e mais terríveis. Também ouvia contarem histórias de criaturas da noite, de muitas lendas que aterrorizavam todos, de demônios representantes do puro mal. Ficava aterrorizada com o que ouvia. Não podia imaginar que seria envolvida pessoalmente.

Aconteceu numa noite enquanto dormiam. A aldeia foi atacada por samurais violentos que mais pareciam animais; todas as famílias foram dominadas e colocadas em carroças, e depois levadas para um palácio. Não devia ser o mesmo palácio do Imperador das histórias que ouvira, ela pensava, pois, camponeses não eram criminosos. Todos foram trancafiados no que devia ser um calabouço. Ela ouvira os anciãos falarem de lugares assim. Pequenas salas com paredes todas de pedra, várias sem nenhuma janela, isoladas umas das outras e com grades de ferro servindo de portas. A carroça foi o último lugar em que viu a própria família.

Quando chegaram ao Palácio, foi separada de todos e levada para uma cela onde já havia algumas meninas. Com ela eram dez, todas muito jovens. Ficou trancafiada ali por muito tempo, talvez meses. Sempre ouviam gritos horrendos nas proximidades, mas ninguém sabia o que acontecia naquele palácio. Os guardas só traziam comida e água, e diziam que elas deviam se manter fortes, para o dia em que seriam recebidas pelo Shogun. Todas pensavam que seriam visitadas pelo Imperador. Apenas anos mais tarde ficou sabendo que aquele Shogun não era o Xogum que governava o Japão, era apenas um outro que planejava ser imperador.

De tempos em tempos uma delas era escolhida para a recepção. Saía da cela levada pelos guardas e nunca mais voltava. As que ficavam pensavam que o Imperador podia perdoá-las, seja lá qual fosse o crime que tivessem cometido e depois as libertava.

Até a tarde em que ela foi a escolhida. Saiu da cela seguindo o soldado, subiu uma pequena escadaria que levava a um piso de madeira mais elevado, passou por alguns corredores com muitas portas e foi levada até uma sala de banhos. Havia pentes, escovas, sabões perfumados, esponjas, toalhas, perfumes e coisas bonitas que ela nunca havia visto. O guarda lhe deu roupas novas e disse que ela devia ficar bonita, para ser recebida pelo Shogun em pessoa. Deixou-a sozinha para que se arrumasse.

Estava realmente precisando de um banho. Ainda usava as roupas típicas de camponesa, da noite em que fora capturada: calças e blusa largas, de tecido rústico, já esfarrapadas pelo tempo no cativeiro. Tanto ela como as roupas estavam sujas, e sabia que o cheiro não era dos melhores. Despiu tudo e jogou as roupas usadas numa bacia, para lavá-las depois do banho.

Até a banheira era grande e muito luxuosa, completamente diferente do tacho que usava na choupana onde foi criada. Naquele momento, tudo parecia um sonho: depois do banho seria recebida pelo Imperador, seria perdoada e voltaria para casa, onde sua família a estaria esperando.

Todos os que conhecera diziam que era muito bonita. Fez o melhor que pode para ficar linda, esfregando a pele até ficar rosada. Desembaraçou os cabelos negros e compridos, fazendo um penteado amarrando-os sobre a cabeça, como era normal na tradição japonesa. A roupa nova que ganhou era um quimono branco bordado com pequenas flores rosas, que deixava o pescoço descoberto. Tinha mangas bem largas e as faixas se ajustaram perfeitamente ao corpo. Recebeu sandálias novas, brancas. Acertou ao fazer o penteado, combinando com a roupa: pela primeira vez na vida, se sentia como uma verdadeira princesa.

Quando outro guarda veio buscá-la já era noite.

Seguiu por outra série de corredores, até o que lhe pareceu ser o centro do palácio. Foi levada até uma sala grande, iluminada por poucas tochas, apoiadas dentro de vasos espalhados pelo chão. Conseguiu ver que no fundo da sala mal iluminada, havia uma espécie de trono, onde um homem acenou, convidando-a para se aproximar.

Pensava que o Imperador fosse um velho, gordo e barbudo, mas o homem que estava ali era jovem, cerca de 35 anos, barba e bigode aparados curtos. Estava todo vestido de preto, incluindo a capa que lhe chegava aos pés. Tinha olhos estranhos, mas era muito bonito. Continuava acenando para que chegasse mais perto. Ela sorria, embora não soubesse ainda quanto o sorriso que exibia podia ser sedutor.

Quando chegou a cerca de dois metros do homem, ouviu-o dizer, numa voz profunda e autoritária:

— Você é muito bonita! Vou ficar com você! Será minha noiva!

Então ele sumiu, desaparecendo em pleno ar.

Ela notou um movimento de ar nas costas, como se tivesse começado a ventar. A luz das tochas oscilou. Ainda estupefata e sem entender, se virou a tempo de ver dois olhos vermelhos muito injetados e dois enormes dentes se aproximando rapidamente. Teve os braços presos por duas mãos poderosas impedindo que se mexesse. Não teve tempo de gritar quando os dentes monstruosos lhe rasgaram o pescoço desnudo.

Permaneceu por alguns segundos paralisada de terror, sem reação para o que estava acontecendo, sentindo muita dor enquanto o sangue jorrava pelo ferimento. Sentiu lágrimas nos olhos, mas não sabe se chegaram a escorrer. Imediatamente tudo escureceu, sua alma se apagou e o corpo desabou sem vida.

14 — Recomeço

Quando acordou estava deitada no que parecia uma cama, num local estranho. Via uma luz que devia ser de uma tocha. Deduziu que era noite. Não conseguia ver o teto com tão pouca luz.

Instintivamente tentou levantar a cabeça, mas parou: o pescoço doía muito. A dor trouxe de volta as últimas imagens de que tinha lembrança. Ficou arrepiada, sentindo novamente o terror. Pensava que estaria morta, não conseguindo entender o que aconteceu. Tentou levantar todo o tórax, segurando a cabeça com as duas mãos para tentar diminuir a dor. Conseguiu se erguer um pouco. Apesar de não saber o estado em que se encontrava, sentia-se um pouquinho forte, apesar das dores.

Olhando em volta, sempre segurando a cabeça com as duas mãos, se virando bem devagar, constatou que estava em um quarto pequeno com uma única porta, fechada. Sem janelas. De mobília, apenas a cama em que estava e uma pequena mesinha do lado direito. Continuava vestida com o quimono branco, agora sujo com manchas escuras. Sobre a mesinha, estava uma pequena tigela.

Ainda tremia com as lembranças. Foi quando sentiu uma terrível sede.

Compreendeu que aquela tigela havia sido deixada para ela, para quando acordasse. Deveria conter algum remédio. Com algum esforço, apanhou-a com uma das mãos enquanto a outra continuava apoiando a cabeça. Estava pela metade, com algum líquido escuro, um pouco grosso. A pouca luz e a fraqueza não permitiam ver direito. Cheirou. O líquido tinha um cheiro bom.

Arriscou um gole. O gosto também era bom. Lembrava alguma coisa, mas no estado em que se encontrava não reconheceu de imediato. A garganta doeu quando engoliu um pequeno gole, mas fez novo esforço e o segundo gole foi mais fácil. Conseguiu beber tudo, bem devagarinho, em goles ainda menores.

Ao devolver a tigela para a mesinha, parecia que estava se sentindo bem melhor. Devia ser um remédio bem forte.

Deitou-se novamente e adormeceu.

15 — Transformada

Aquela rotina se repetiu por vários dias, ou melhor, várias noites.

Acordava, via que estava no mesmo quarto, que tinha uma nova tigela pela metade, bebia e voltava a dormir.

A diferença era que se sentia mais forte a cada vez, evidentemente se curando. Até a dor no pescoço estava diminuindo, quase não a sentindo. Não precisava mais apoiar a cabeça nas mãos.

Na terceira noite arriscou passar a mão pelo pescoço. Tinha medo do que acharia. Sentiu diversas cicatrizes, partes mais endurecidas do que outras. Repetiu o gesto na quinta noite e sentiu o pescoço lisinho como sempre foi. As cascas da cicatriz desapareceram como por mágica Nem parecia ter estado ferido e doído tanto. Alguma coisa aconteceu, mas ainda não entendia o quê foi. Arriscou se levantar e dar uns passos pelo quarto. Estava fraca e se sentia tonta, mas conseguiu chegar até a porta. Trancada por fora. Voltou cambaleante para a cama e adormeceu.

Na sétima noite acordou e sentiu, antes mesmo de ver, que não estava sozinha. Havia alguém em pé entre a cama e a porta. Ajustou os olhos à penumbra e reconheceu o Imperador. Mesmas roupas pretas, mesma capa, mas agora os olhos pareciam normais, escuros naquela pouca luz. Instintivamente, se encolheu no canto da cama, tentando se afastar. O terror voltou.

Ele falou, numa voz calma e fria:

— Vejo que sua transformação e sua recuperação estão completas. Essa rações são sempre lentas.

Fez uma pausa e continuou:

— Eu não pretendia te ferir tanto. Mas você estava tão deliciosa que não me contive.

Aquilo parecia um pedido de desculpas. Mesmo assim ela continuava arrepiada. E tremia. O homem voltou a falar:

— Você será levada para o aposento, para junto das outras. Elas vão te ensinar tudo o que precisa saber.

E se virou para sair. Antes que chegasse a porta, ela juntou toda a coragem que lhe restava e perguntou:

— Senhor, o que aconteceu comigo?

Ele respondeu, sem se virar:

— Você agora é uma vampira. E é minha noiva!

16 — O aposento

Ficou conhecendo todo o palácio logo na primeira semana. As outras noivas adoravam tagarelar e não tinham nada para fazer. Até mesmo arquitetura medieval virava assunto.

A parte principal era composta por uma estrutura que formava um enorme "U" invertido com cerca de 50 metros de base por 70 de comprimento, aberto para o sul. A estrutura ficava elevada a mais de um metro e meio do chão, construída sobre palafitas de madeira.

O ¨aposento¨ era o nome de uma grande área do palácio, no meio e ao norte da base do "U", onde residiam as noivas do Mestre. Ficava ao lado dos aposentos dele e também era chamado pelos escravos de Kita_No_Kata, a "Casa da Dona", embora isto não se adequasse à casa do Shogun. O aposento das noivas e o do mestre, chamado Shindem, estavam separados pelo que parecia ter sido uma piscina antigamente, mas que estava seca. Dois corredores, um de cada lado da antiga piscina, ligavam o aposento das noivas ao Shindem, a parte central do palácio que era particular do mestre. O Shindem era dividido em duas grandes salas espaçosas, aquela do trono e o quarto de dormir.

De cada lado do Shindem havia ainda mais duas grandes áreas, os No_Tai, ocupadas à esquerda por escravos e à direita por samurais. Das laterais dos No_Tai, partiam as duas pernas do ¨U¨, duas estruturas em forma de compridos corredores, cheios de salas. Eram os Rô, oriental e ocidental. A Sala de Recuperação era a primeira do Rô ocidental, próxima do No_Tai dos escravos. As demais salas deste Rô eram usadas como depósito e para fins diversos, incluindo a sala de banhos. No Rô oriental ficavam as salas de armas e de treinamento dos samurais. No meio de tudo, na frente do Shindem e entre as pernas do "U", ficava o pátio. A parte sul do pátio antigamente deveria ter sido um lago e alguns jardins, pois ainda tinha restos de pequenas pontes. Como a terra ainda era úmida, era usada pelos escravos para plantar legumes e verduras, usadas na alimentação dos humanos. Todo o palácio estava cercado por um alto muro de pedras, com um único portão de entrada perto do Rô Oriental. Entre o muro e o palácio, ficavam os estábulos e na extremidade norte estava o calabouço: dois pavimentos, térreo e porão, com diversas salas construídas com paredes de pedra, quase todas sem janelas. No lado oposto ao calabouço, ainda na extremidade norte, ficavam a cozinha e a fornalha.

Shogun mantinha doze noivas para prazer pessoal. Mesmo as que já tinham perto de cem anos mantinham a aparência de quando foram transformadas, todas jovens, belas e sedutoras. Vampiros sem alma não têm capacidade de amar, mas os corpos mantém necessidades carnais e sempre, de sangue. E se não tinham alma, também não havia qualquer noção de moral entre nenhum deles.

As noivas eram a reserva particular. Sempre que sentia vontade, exigia a presença de uma delas, seja para se divertir, ou apenas para beber um pouco de sangue quente. As que resistiam ou que o desagradavam de qualquer forma eram castigadas. Aquelas que o desagradavam muito ou o cansavam, eram mortas e substituídas, não antes de perderem todo o sangue que tinham.

A punição geralmente consistia em ficar acorrentada num dos calabouços, no escuro e sem sangue para se alimentar, algumas vezes durante várias semanas. Nos castigos mais longos, muitas delas se desesperavam e chegavam a morder os próprios pulsos, numa tentativa de aplacar a sede. Só o mestre decidia quando saíam do castigo.

As noivas também não tinham sentimentos, aliás nenhum vampiro tem. Só aceitavam a situação de escravidão por puro instinto de sobrevivência.

Agradar muito ao mestre também podia ser perigoso. Muitas vezes, aquelas que tinham o sangue mais saboroso voltavam direto para o quarto de recuperação, o mesmo em que ela esteve na primeira semana. Ela mesma voltaria para aquele quarto diversas vezes nos oitenta anos seguintes.

Conforme o mestre disse, as noivas lhe ensinaram tudo o que precisava saber. Não porque alguma gostasse dela ou mesmo se importasse. O fizeram apenas porque o mestre havia ordenado.

Uma das primeiras coisas que ela aprendeu, desde que chegou, foi que obediência era essencial para não passar sede ou morrer a morte definitiva.

17 — Primeiras aulas

A organização do palácio era a mais simples possível. Vampiros não precisam de muita coisa, apenas de um lugar onde possam se sentir seguros e de sangue fresco.

Shogun comandava tudo com mão de ferro. Ao menor sinal de contrariedade, ele simplesmente eliminava o infrator e transformava outra pessoa para substituí-lo. Se o infrator fosse uma das noivas, ele podia optar pelo castigo. Elas não representavam nenhum perigo, sendo apenas objetos de prazer. Mas para os outros, o único castigo era a destruição.

Os principais elementos da organização do palácio, além dos calabouços e do aposento das noivas, eram o alojamento dos samurais, os leais soldados vampiros; o alojamento dos escravos, humanos mantidos sob terror ou com promessas de vida eterna, caso ele decidisse transformar algum, e a cozinha, próxima da grande fornalha sempre queimando.

Os calabouços funcionavam como uma despensa, onde eram mantidos os camponeses e os soldados capturados em batalha. Permaneciam presos e alimentados, até o dia em que o sangue era recolhido. Quando o número de prisioneiros diminuía muito, era hora de capturar mais alguns.

Esta era uma das funções dos samurais, fortes guerreiros que Shogun havia transformado em vampiros. Todos os vampiros possuíam uma força descomunal, cerca de dez vezes a força de um humano normal, tinham uma velocidade espantosa e podiam se regenerar praticamente de qualquer ferimento, desde que alimentados e desde que mantivessem as cabeças grudadas ao corpo e os corações batendo. Para eles era fácil subjugar camponeses mesmo quando encontravam resistência. Também não era problema quando encontravam os Samurais do Imperador, pois muitos deles já haviam sido samurais oficialmente e eram igualmente treinados. A ordem era sempre capturar o máximo de vítimas vivas, e trazê-las para o calabouço. Para manter a ordem, seguiam uma hierarquia: generais, guerreiros e soldados batedores. Tinham funções definidas e todos obedeciam cegamente ao mestre Shogun. Tinham duas opções: obedecer ou ser destruídos.

A capacidade de se regenerar praticamente lhes garantia a vida eterna, se é que se podia considerá-los "vivos". Mas o sangue enfraquecia no processo constante de regeneração e precisava ser reposto continuamente. Todos precisavam de sangue novo, o tempo todo.

Para se alimentar só precisavam encontrar um humano, morder sua jugular ou qualquer outra veia potente e beber todo o sangue que pudessem. Normalmente até que o coração da vítima parasse. Os dentes caninos cresciam consideravelmente neste momento. Sangue de animais ou de outros vampiros também servia, mas não eram puros exigindo maior quantidade ou maior frequência.

Se ficasse um pouco de sangue no corpo da vítima, geralmente ficava contaminado e regenerava o corpo do morto. Até o processo se completar demorava em média vinte e quatro horas. Depois o coração voltava a bater e um novo vampiro surgia. Era o processo de transformação. Para evitar isso era preciso impedir que o sangue regenerador circulasse, seja quebrando o pescoço ou a coluna dorsal do morto, decepando a cabeça ou perfurando o coração. Estas eram também as formas de matar um vampiro já formado.

Naquele palácio, Shogun proibia que os vampiros mordessem qualquer vítima. Além dele próprio, apenas alguns poucos generais tinham autorização, mesmo assim, apenas em batalha e evitando novas transformações. Shogun sabia que se liberasse a mordida, a maioria das vítimas também se transformaria, que por sua vez produziriam mais vampiros e assim por diante, numa reação em cadeia. Isto culminaria numa escassez de vítimas para alimentar a todos e seria o caos.

Para alimentar seu povo, os samurais levavam as vítimas para a cozinha, retiravam todo o sangue que era guardado em garrafas e depois se livravam dos corpos secos lançando-os na fornalha. O sangue depois era servido em tigelas, para todos os vampiros. Isto os mantinha alimentados, fortes, rápidos e evitava a perigosa explosão demográfica.

Mas havia outros perigos. Um deles era o sol, que queimava as peles formando bolhas pavorosas. O sangue tentava regenerar a pele e para isso era desviado de outros órgãos. A queimadura e também todo o sangue próximo a ela continuavam secando. O que exigia mais sangue. Se não houvesse reposição imediata, a consequência era a perda da capacidade de se regenerar e o corpo morria definitivamente. Os mais fortes e mais jovens resistiam ao sol por até uma hora. Quanto mais velho e mais regenerado, menos resistência. A morte era lenta e pavorosamente dolorida, a pior tortura que se podia infligir a um vampiro. Todos evitavam o sol, mesmo que por poucos minutos e quando isso acontecia precisavam de uma boa reserva de sangue de reposição.

A sensibilidade ao sol justificava manter os escravos, sempre vigiados por vampiros nas sombras. Eram eles que faziam a manutenção do palácio durante o dia, preparavam a comida dos prisioneiros e todas as atividades domésticas. Aqueles que se destacavam como os mais fiéis, recebiam permissão para deixar o palácio, em missões externas, geralmente como mensageiros. Shogun gostava de se manter informado do que acontecia fora do palácio. E usava o terror para garantir que voltariam depois de cumprir as missões: sempre deixava bem claro que quem se demorasse em voltar, seria caçado por alguns samurais durante a noite.

Alguns dos samurais faziam rondas noturnas pelas cercanias, atuando como verdadeiros batedores em missões de vigilância e captura de fugitivos.

O sol não era a única coisa que eles temiam. Também havia os lobisomens, os eternos inimigos, e outras criaturas da noite.

Além de uma nova praga que se multiplicava muito ultimamente.

18 — Os inimigos

Lobisomens eram criaturas que pareciam humanos, mas que podiam se transformar em enormes lobos. Quando transformados tinham força equivalente à dos vampiros e também eram rápidos, embora não tivessem a mesma velocidade.

Se alimentavam de humanos e também de outros animais. Não apenas de sangue, eles devoravam suas vítimas. Definiam territórios e não admitiam que nenhuma outra criatura caçasse na mesma área. Andavam em grupos e eram organizados, um defendia o outro em caso de perigo.

Numa batalha corpo a corpo entre um vampiro e um lobisomem, o vampiro levava desvantagem. Seu oponente podia usar dentes e garras, contra apenas seus dentes e velocidade. Mesmo que conseguisse morder o pescoço do lobisomem, seria muito difícil chegar na jugular ou mesmo estraçalhar sua garganta. Já o lobo tinha mais facilidade para usar suas garras e dentes, em uma garganta ou mesmo rasgando um peito para devorar o coração, antes que este pudesse se regenerar. E como andavam em grupos, sempre haveria um segundo para terminar o serviço do primeiro.

A melhor defesa contra os lobisomens era se manter longe deles. E só atacá-los com um grande exército, bem armado. Uma das funções dos batedores era verificar se não havia lobisomens caçando pelas redondezas. Sempre tomando o cuidado de não serem farejados antes.

Magos, bruxos e feiticeiras eram mais raros de se encontrar. Geralmente eram humanos seguidores das trevas. Eram completamente imprevisíveis, podiam ser aliados ou inimigos, dependendo da circunstância, e alguns podiam ser bastante poderosos, até mesmo deixando de ser humanos.

Mas havia mais perigos. Shogun tinha sido informado de que alguns grupos de humanos estavam se mobilizando para caçar criaturas da noite, principalmente vampiros.

Eram pessoas que tinham perdido um parente ou amigo, alguém que tivesse sido morto ou capturado por vampiros. Eles se organizavam em grupos, armados com objetos sagrados, e geralmente atuavam durante o dia, quando os vampiros eram mais fracos. Os objetos sagrados, crucifixos, água benta, alho, eram impregnados por energias que enfraqueciam os vampiros. E um vampiro fraco estava sujeito a ter sua cabeça decepada, ou ter seu coração perfurado, até mesmo por uma estaca de madeira dura. Como a motivação daqueles humanos era baseada em vingança, eles se tornavam inimigos poderosos. Não recuavam facilmente. Quando perdiam um companheiro, isto motivava os demais a prosseguir mais ferozmente, sempre procurando uma forma de contornar suas fraquezas.

Seus mensageiros contavam que eles até conseguiam capturar alguns vampiros, que eram submetidos a tortura sob o sol, até contarem onde viviam, como podiam ser mortos, quantos eram e outros detalhes que colocavam todo o grupo em perigo.

Aqueles grupos de humanos se auto denominavam Caçadores de Vampiros ou simplesmente Caçadores.

Uma das noivas parecia conhecer muito a respeito de todos os perigos. Se chamava Katsumí. Ficou sabendo depois que era a noiva mais velha de todas, já devia ter uns setenta anos, embora aparentasse não mais de vinte e oito. E por ser a mais velha era a que mais temia ser substituída. Tinha ciúmes de todas as outras noivas. Foi quem a instruiu antes de sua primeira noite com o mestre, talvez esperando que fosse destruída.

Quando o mestre a mandou chamar pela primeira vez, depois de transformada, já esperava por uma noite de terror. Katsumí já a tinha alertado que o mestre era violento, não suportava desobediência e que gostava muito do sangue de suas noivas. Disse que quando ele começasse a ficar violento, ela devia mordê-lo também, para acalmá-lo.

Depois do banho e da troca de roupas, exatamente como ocorrera antes, ela seguiu ao encontro do seu "noivo". Desta vez não foi recebida na sala do trono, mas no próprio quarto do mestre, iluminado por uma única vela num dos cantos. Ele estava sem camisa, vestia apenas as calças de samurai e as botas, tudo negro. A esperava deitado numa enorme cama com dossel, num dos cantos do quarto. Olhando em volta, viu vários biombos espalhados pelo local. Deviam esconder os bens do mestre. Ele lhe disse, calmamente:

— Tire toda sua roupa e venha aqui.

Sentiu novamente os calafrios. Nunca antes estivera sozinha num quarto com um homem, e muito menos nua. O máximo que tinha feito foi estar com alguns namorados nos campos de arroz. Mas o medo falava mais forte. Obedeceu.

Não sabia o que fazer. Se aproximou e ficou em pé ao lado da cama. Deixou o mestre a abraçar e a beijar pelo corpo todo. Num certo momento ele se levantou e a mordeu no pescoço, gentilmente. Ela se apavorou e devolveu a mordida, mas foi no ombro do mestre. Recebeu um forte tapa de volta, que a jogou de costas no chão. O mestre perguntou, muito irritado:

— O que pensa que está fazendo, menina?

Tremendo de medo, respondeu a primeira coisa que pensou:

— Katsumí disse que o senhor gosta...

— Ah, é isso? Ela realmente gosta do meu sangue, mas teremos uma conversinha depois. Cuidado com o que ela lhe disser, é muito ciumenta. Quanto a você, como é sua primeira vez, vou lhe ensinar o que realmente gosto...

Voltou para o aposento quase com o alvorecer. Foi direto procurar uma tigela de sangue, para repor o que tinha perdido.

Entendeu a lição: inimigos não existiam só fora do Palácio. Katsumí ganhou dois dias de castigo.

Parte 4 — O acordo

19 — Primeiros passos

Para Claudius as coisas finalmente estavam entrando no rumo. Encontrou um apartamento no Tatuapé, a dez minutos da floricultura, já mobiliado, de uma pessoa que estava de partida da cidade. Isso era bastante comum entre executivos, como ele. Bastava a empresa em que trabalhavam decidir e lá se ia o coitado, para qualquer lugar. O negócio foi muito interessante. O apartamento era pequeno, dois quartos, sala e cozinha, mas parecia bem aconchegante.

E conseguiu uma bela vantagem: pagou uma pequena entrada para receber as chaves, negociou o pagamento do restante à vista, para mais trinta dias, e desta forma já pode se mudar ainda na metade de setembro. Excelente. Era bom acreditar em Anjos da Guarda. O desconto no preço foi muito bom, por ter sido à vista e por causa da pressa do outro em vender.

A pior parte foi a despedida de casa. Foi difícil explicar que ele não estava indo embora em definitivo, que era apenas uma mudança. Mas por mais difícil que fosse, não podia voltar atrás. Não tinha como.

20 — Aproximação

Para o passo seguinte, foi preciso juntar muito mais coragem. Era outra quinta-feira ensolarada, com bastante calor, quando se dirigiu sozinho para a floricultura. Já passavam das cinco da tarde. Rezou muito para os Anjos da Guarda para que Alana estivesse lá. Parece que eles ouviram, pois ela estava e sozinha. Desta vez a intenção não era comprar uma pimenteira. Estava com tudo planejado.

Embora o local estivesse vazio, Alana parecia muito atarefada, cuidando de várias plantas. Podava algumas, transplantava outras de um vaso para outro. Não percebeu o visitante, concentrada que estava no trabalho, o que lhe deu a chance de observá-la por vários minutos.

Usava um vestido jeans azul, com frente única, que deixava as costas inteiramente expostas. A saia chegava até os joelhos. Nos pés, botas brancas de jardinagem. Em frente ao vestido usava um avental de plástico transparente, justo e amarrado na cintura, cheio de respingos de água. Nas mãos, luvas plásticas verdes, sujas de terra. Estava de costas e distraída, exibindo as costas nuas desde um braço até o outro.

Arrumava um vaso que ele não conseguia ver direito, escondido pelo corpo, semelhante a um caixote de madeira de quinze por quinze centímetros, montando uma flor vermelha. Quando terminou com aquele, ela se virou ligeiramente e se abaixou para pôr o vaso no chão, dobrando as pernas e mantendo os joelhos juntos. A saia subiu alguns centímetros e revelou uma pequena parte de duas coxas grossas perfeitamente torneadas, fortes, pele lisinha e morena. Tinham tudo para ser coxas de uma atleta, de uma corredora.

Foi obrigado a interrompê-la, enquanto ainda tinha um restinho de fôlego:

— Alana, você tem dez minutinhos? Queria conversar com você...

Ela pareceu surpresa com a interrupção, mas sorriu um sorriso espetacular enquanto se levantava, pedindo apenas que ele aguardasse um pouco, pois precisava arrumar só dois outros vasos.

Que bom. Ela não recusou.

Claudius ficou onde estava por mais cinco minutos, querendo que o tempo parasse, babando enquanto ela trabalhava. Quando ela movimentava os braços, o vestido frente única se movia e insinuava a existência de curvas que estavam eliminando todo o ar da loja. Provocando dificuldades na respiração dele.

Alana era a maior concentração de beleza e sensualidade por centímetro quadrado que ele jamais vira. Terminados os vasos, ela tirou as luvas as deixando na bancada, tirou o avental que pendurou num gancho na parede e se aproximou dele. Foi uma visão divina, vê-la de corpo inteiro, se aproximando com tanta leveza e graciosidade.

— Oi, desculpe, não podia deixar aquelas orquídeas. São muito sensíveis e preciso delas para uma entrega amanhã. Quer falar comigo?

— Sim, mas estou um pouco sem jeito. Não sei por onde começar...

Na verdade, ele tentava se lembrar do que havia planejado, mas o cérebro se recusava a quebrar o encanto dos últimos minutos.

— Sobre o que é?

Ela mostrava curiosidade sincera.

— Bom, vou direto ao ponto. Comprei um apartamento aqui perto, mudei esta semana. Ainda está com cara de apartamento de solteiro. Eu queria dar uma melhorada, então como aqui você trabalha com decoração, todas estas flores, pensei em te pedir ajuda, sabe, como uma consultoria...

Falou tudo de um fôlego só, para não gaguejar.

— Não tem ninguém lá para te ajudar?

— Não, vou morar sozinho.

E para não deixar a conversa seguir para um lado que pudesse afugentá-la, continuou:

— Mas eu quero que o apartamento tenha um toque feminino, para quebrar o clima. Pensei que você pudesse ajudar nisso.

Ela hesitou um pouco,:

— É que normalmente é minha mãe quem cuida do assunto decoração, eu fico mais com a manutenção das plantas. Mas acho que posso dar uma olhada, sem compromisso. Quando é que posso ver o apartamento?

O coração dele disparou. Começou a transpirar. Mas não ficaria paralisado.

— Pode ser neste sábado? Eu venho te buscar...

— Tá certo. Depois que eu fechar aqui, lá pelas quatro. Tá bom?

— Está perfeito. Combinado.

Ela voltou para as plantas, ainda precisando arrumar algumas. As mãos dele tremiam, transparecendo o nervosismo como se a tivesse pedido em casamento...

Saiu rapidamente depois de se despedir. Não queria que ela visse o estado de excitação em que se encontrava.

Alana sorriu para os dentes de leão, mastigando mais uma folha de hortelã. Já tinha visto e entendido tudo o que precisava saber.

21 — Assumindo o controle

A escolha estava feita. Claudius era perfeito.

Não sabia explicar, mas alguma coisa nele a atraía. Obviamente não era nenhum atributo físico, pois ele não era atlético e nem sequer era jovem. Todas as vezes em que o viu, ele estava usando roupas sociais, calças e camisa. Desde a primeira vez, notou que ele sempre usava camisas desabotoadas no pescoço, o que chamou a atenção dela para a grossura daquele pescoço. Devia ser isso.

Já tinha percebido a reação que provocava, desde o restaurante japonês, quando tocou na mão dele. Não foi a comida que provocou calafrios, foi ela. Bastava se aproximar dele para que a pulsação se acelerasse e as veias do pescoço começassem a pular mais forte, vibrando no mesmo ritmo desesperado do coração. Naquele pescoço grosso, parecia que as veias a estavam provocando, convidando, dispostas a desafiá-la. O pescoço de Claudius não servia para usar gravatas, mas era perfeito para ser beijado e mordido.

Isso fez com que outra ideia maluca se formasse, como há muito tempo não acontecia. Seria muito perigoso, exigiria o máximo de autocontrole, e por isso mesmo o desafio seria delicioso, a deixando muito excitada. Quando terminasse, sairia vitoriosa com muito mais satisfação, e aquele pescoço maravilhoso seria o prêmio.

Desta vez não precisaria sair à caça: seu leitãozinho pururuca de Natal tinha vindo comer diretamente na mão, só precisando engordá-lo. Homens. Há muito tempo sabia que só precisava sorrir para derrubar qualquer um.

Faria o joguinho dele até ver o apartamento. Ali decidiria o próximo passo, pois ainda faltava três meses para a data limite. Era o tempo que tinha para se divertir um pouco, excitando o cérebro para aliviar um pouco o incômodo da sede. Aquele pescoço era muito excitante e valeria o sacrifício.

No sábado, quando estava para fechar a floricultura, Claudius chegou. Ela já tinha liberado a mãe e as duas funcionárias, assumindo todo o trabalho da tarde. Ele a ajudou a apanhar algumas caixas de papelão com alguns itens que ela havia separados: vasos, flores, até alguns quadros e objetos decorativos. Dentes de leão e hortelã faziam parte do pacote.

— Se não usarmos todos, não tem problema trazer de volta. Não pretendo estourar seu orçamento... — Ela justificou.

Fechou a loja e foram para o apartamento, apenas os dois, no carro de Claudius. Como era sábado, não estava usando as mesmas roupas de trabalho de todos os dias. Usava uma camiseta branca folgada, com uma generosa gola em V e estava com uma saia justa cinzenta, terminando alguns centímetros acima dos joelhos. Sandálias baixas fechadas e uma meia-calça cor da pele completavam o conjunto. Ela queria estar discretamente provocante. Enquanto dirigia, por diversas vezes Claudius desviou o olhar para os joelhos dela, porem se comportando como um perfeito cavalheiro.

Era realmente um apartamento pequeno e aconchegante. Para quem já morou em palácios e castelos, podia parecer minúsculo, mas em compensação ela também já tinha vivido em cavernas e calabouços. Alana tinha consciência que os menores lugares são os mais seguros, para quem precisava se manter invisível.

Não foi difícil mudar o clima do lugar, com os objetos que trouxeram. Ela combinava cores, procurava a melhor luz para cada objeto, distribuía cada um no lugar onde ficava melhor. Demoraram umas três horas para arrumar a sala, a cozinha e os dois quartos. Embora ele tivesse dito que era um apartamento de solteiro, um dos quartos tinha uma cama de casal, o outro estava mobiliado como um escritório.

Claudius se comportou como um cavalheiro todo o tempo, até mesmo evitando se aproximar dela. Em alguns momentos durante a arrumação, os dois chegaram bem perto um do outro, quase se tocando, mas Claudius sempre se afastava, como se tivesse medo de ser atingido por outro relâmpago. Quando ela subia em alguma coisa, para prender algum objeto no alto, deixando uma parte das pernas aparecerem um pouquinho, ou quando se abaixava para pegar alguma coisa e a blusa folgada abaixava junto, ele sempre desviava o olhar. Parecia que estava com alguma dificuldade para respirar, e transpirando muito.

Enquanto estava ocupada foi tudo muito divertido, mas quando a arrumação estava quase terminada, ela decidiu que era hora de assumir o controle total da situação.

Quando ele voltava do banheiro onde foi enxugar o rosto, ela perguntou, enquanto pendurava o último quadro no quarto de casal, no prego que ele tinha acabado de colocar:

— Claudius, me diz uma coisa. Por que você me trouxe aqui, de verdade?

Ele congelou, parado ali na porta. Não conseguia imaginar o que fez de errado. Ficou branco na hora e começou a balbuciar:

— Pa... Para decorar o apa...

Ela sentou no lado da cama, meio inclinada, apoiando o cotovelo no colchão. O quarto era pequeno, sem espaço para que se sentasse de frente. A camiseta cedeu, revelando boa parte do colo. A saia também subiu um pouco.

— Não. Eu quero saber o motivo real, a verdade.

— Eu... eu... eu gosto ... de você.

Era divertido ver a confusão dele, sem saber se olhava para o rosto, para o decote ou para as pernas. Ela resolveu ajudar, para ver se ele destravava:

— Sim, eu já sei disso. Eu vejo nos seus olhos que você me deseja, que você me quer. Você me ama, Claudius?

Agora ele arregalou os olhos, desmascarado. Balbuciou mais ainda:

— Mu... mu... muito...

— Quanto? Até que ponto você iria para ficar comigo?

Ele respirou fundo, tentou controlar o ritmo do coração e conseguiu dizer:

— Eu faria qualquer coisa...

Ela estava se divertindo de verdade. Pensou: "Meu escravo, você já era. Te fisguei!"... Endireitou o corpo e apoiou as palmas das mãos na cama, junto das costas. Cruzou as pernas, deixando a saia subir outros tantos centímetros. Provocá-lo não era só divertido, era gostoso. Mas então o pescoço dele contra-atacou. Começou a vibrar muito mais intensamente, convidando-a. O sangue que passava por aquelas veias era tanto que o rosto dele começou a ficar vermelho. Ela precisava continuar com o plano, mas sentiu que o tempo estava terminando. Ainda não estava no limite. Provocou um pouco mais:

— Você seria capaz de morrer por mim?

— Eu.... Eu.... Sim, por você sim!

Precisava conferir se ele dizia a verdade e já não tinha mais tempo para brincar. O pescoço tentava seduzi-la de qualquer jeito, implorando para ser mordido imediatamente! E estava quase conseguindo. Seu próprio corpo sentia a adrenalina subindo. Não suportaria ser derrotada por aquele pescoço. Partiu para o xeque-mate. Disse de uma vez só, lentamente, intercalando as frases com os sorrisos mais sedutores:

— Então eu te proponho um acordo: fico com você por três meses, morando aqui. Serei toda sua sem restrições. Terminado esse prazo, você me dá todo o seu sangue. Eu sou uma vampira. Aceita?

Claudius estava completamente zonzo e aturdido. A enxurrada de sangue no cérebro o estava deixando quase cego. Fazia um esforço sobre humano para não se jogar em cima daquela deusa que claramente o estava provocando. Mas ouviu a proposta.

Não sabia se ela estava brincando ou o quê estava fazendo, mas a possibilidade era incrivelmente maravilhosa: ter aquela deusa por três meses inteirinhos e depois morrer. Significava ser feliz por três meses, e depois a libertação definitiva, nunca mais nenhum medo, nenhum sofrimento, nada.... Sentia que estava perdidamente apaixonado e o sorriso dela o deixava ainda mais perdido e ainda mais apaixonado. A proposta significava a realização do sonho impossível acrescentando a possibilidade de nunca mais acordar.

Respirou fundo para recuperar algum controle. Disse apenas:

— Só me faça feliz. Onde que eu assino?

As palavras que ele usou a surpreenderam. Ela imaginara que ele se ajoelharia beijando seus pés. Mas gostou da reação, já que não havia espaço mesmo. Agora só faltava selar o acordo.

Se levantou e se aproximou dele, esticando uma mão por trás do delicioso pescoço e o puxou para si. Sentia a jugular pulsando freneticamente, vibrante, forte, convidativa, desafiadora... Em pensamento, obrigou o cérebro a gritar para o corpo: "Controle-se Alana!".

Aproximou o rosto do dele e lhe deu um longo beijo na boca, bem demorado, sabor hortelã natural. O coração dele disparou mais ainda, quase explodindo para fora do peito.

Ambos tiveram o mesmo pensamento, no mesmo momento:

"Claudius, não vá ter um infarto justamente agora..."

O acordo tinha três clausulas. A última era para ser executada em noventa dias. Ambos estavam ansiosos pelas outras duas, de execução imediata. Ambos se deixaram cair sobre a cama, num abraço tão apertado que pareciam uma só pessoa... A adrenalina de ambos estava transbordando.

22 — Vida nova

Já era domingo, quatro horas da madrugada, quando Alana fez um pedido. Ainda estavam abraçados.

— Pode me levar em casa?

— Vamos esperar o dia amanhecer. Não consigo me afastar de você.

— Você não entendeu. Se vou morar aqui, preciso das minhas roupas e de outros objetos pessoais...

— Não concordo. Para morar aqui você não precisa de roupa nenhuma, fica perfeita do jeito que está...

— Seu bobo. Estou falando sério. Vamos só buscar minhas coisas e fico aqui em definitivo, como prometi.

Ele não queria ir, ou melhor, não queria interromper a noite, mas acabou cedendo com este argumento. Depois de se vestirem, precisaram de menos de vinte minutos para chegar ao Jardim Anália Franco, onde ficava o apartamento de dona Naomi. Alana subiu sozinha. Precisou de poucos minutos para encher umas poucas malas, só cinco, com roupas e objetos pessoais. Usou a velocidade especial. Nem precisou acordar a mãe. Deixou um bilhete dizendo que estava se mudando, mas só por algum tempo. Explicaria segunda-feira, na loja.

Usou a força para empilhar as cinco malas e levá-las para o elevador, de uma só vez. No térreo, saiu do prédio levando duas, uma em cada mão. Para não assustar a presa. Claudius correu para auxiliá-la, tomando as duas malas e alojando-as no carro. Depois fez mais duas viagens para pegar as outras três.

Voltaram para o apartamento com os primeiros raios do sol, com Claudius se sentindo nas nuvens. Ele a ajudou a desarrumar as malas, colocar todas as roupas em cabides, arrumar gavetas, sapatos, bolsas, todas as coisas inseparáveis que as mulheres carregam. Desta vez não tinha medo de ser eletrocutado: sempre que tinha uma chance roçava em Alana, tentava abraçá-la, beijá-la... Ela se esquivava, fugia, mas em seguida oferecia uma nova oportunidade, se divertindo também. Quando ele se distraía era ela quem o abraçava e roubava um beijo. Pareciam dois namorados adolescentes, ensaiando uma peraltice. Claudius nem imaginava que ela só queria se distrair, para não sucumbir à sede que a consumia.

Em um momento, ele tentou esclarecer:

— Alana, aquela história de vampira é verdade?

— Por quê, está com medo de mim?

— Medo de você? Nunca! Só estou curioso para saber como vai ser...

— Não se preocupe, no dia você saberá. Prometo que não deixo você sofrer...

— E esta história de três meses? O que vai acontecer no Natal? Por quê esse prazo?

— Eu te conto depois. Agora parece que terminamos mais esta arrumação.... Tenho uma exigência para você, se não se importar.

Ele ficou curioso.

— Qualquer coisa. Diga.

— De hoje em diante sou eu quem faz sua barba. Deixa?

— Isso é algum fetiche?

— Mais ou menos. É uma coisa que sempre imaginei fazer, quando estivesse casada.

Claudius abriu um enorme sorriso. Sua companheira já se considerava casada e queria cuidar dele. Eram as primeiras horas em que estavam juntos e já tinha sinais da desejada felicidade.

Alana não contou que apenas não queria ser surpreendida, caso ele se cortasse aparecendo de repente com uma gota de sangue naquele pescoço que agora pertencia a ela.

— Desarrumar estas malas me deixaram cansada. Preciso relaxar um pouco...

Era mentira, pois sangue de vampiro não permitia que se sentisse cansada por tão pouco. Mas queria dar o golpe final, mostrando quem mandava. Tinha plena consciência de que os próximos noventa dias seriam muito difíceis. Este domingo seria usado para treinar beijos e lambidas no delicioso pescoço, sem mordê-lo. Até poderia contar alguma coisa das experiências que presenciou, enquanto treinava.

Deixou a adrenalina subir de novo.

— Que tal começarmos por uma boa ducha?

Pegou na mão dele e quase o arrastou na direção do chuveiro...

Depois na cama, nas folgas entre beijos, contaria só o que ele precisava saber. Nenhum dos dois pensava em almoço e nem percebiam que estavam a mais de vinte e quatro horas sem dormir.

23 — Se conhecendo

Os primeiros dias morando juntos foram de adaptação, para os dois. Mal se conheciam e de repente estavam dividindo tudo: o apartamento, a cozinha, o chuveiro, o quarto. Claudius estava vivendo uma lua de mel, querendo aproveitar cada minuto ao lado dela como se fosse o último, sempre a abraçando, beijando, mimando, bajulando. Ela deixava, até gostando do assédio, pois ajudava a se distrair da sede que aumentava a cada dia. Tentava se divertir o provocando também.

Ela passava os dias com o trabalho na floricultura e ele ainda estava desempregado. Assim, era Claudius quem cuidava do apartamento, incluindo a preparação da comida, e quem a recebia quando ela voltava, sempre tentando alguma coisa para surpreendê-la: um prato novo, um DVD para assistirem abraçados, um arranjo de flores plásticas, um jantar à luz de velas na minúscula cozinha.... Regava os vasos de plantas dela.

Alana estivera sozinha nos últimos quase dez anos, apenas na companhia da mãe. Sabia que Claudius, mesmo tendo estado casado até um mês antes, também se sentia sozinho, e pelo mesmo tempo. Ter companhia era bom para ambos, se abraçar e conversar, brincar, rir, fazer sexo, os beijos, tudo fazia bem. Mas também havia sombras entre os dois.

Ela tinha a sede corroendo o tempo todo, querendo bater um recorde em uma data marcada, sem poder relaxar e ser derrotada. Fazia um esforço enorme para manter o autocontrole e não o morder, cada vez que se viam. Até dormir abraçados, como ele gostava, exigia um esforço enorme, pois o pescoço era uma tentação permanente e a centímetros da boca dela. Já ele parecia não se importar com a própria vida, ou melhor, com a própria morte. Tinha duas outras preocupações: ela e as filhas dele. E estava inconformado por não estar trabalhando, deixando claro que lhe faltava alguma coisa.

Claudius estava empenhado em abrir a empresa o mais rápido possível. Quando não estava com Alana, tentava se dedicar ao máximo naquele objetivo. Focava na documentação, nos contatos, procurava um local para a instalação, trabalhava em tudo o que podia fazer. Nos momentos em que estava com ela, contava o que tinha feito, mas mudava o foco: se dedicava exclusivamente para ela.

Como esta rotina não lhe roubava tempo, deixava que ele seguisse o próprio ritmo. Chegou mesmo a admirar como ele conseguia se concentrar tanto quando estava trabalhando, e depois se abandonava completamente quando se abraçavam. Ele sabia separar as coisas.

Mesmo assim, decidiu dar uma ajudazinha: quando conseguisse abrir a empresa, Claudius seria mais feliz e os frutos seriam dela. Como ele era orgulhoso, a ajuda teria que ser bem discreta, não podendo resolver tudo sozinha, como estava acostumada. O cérebro de estrategista voltou a funcionar, depois de ficar ocioso por muito tempo.

Primeiro, ela se ofereceria para ajudá-lo com a documentação, trabalhando como uma espécie de secretária.

Segundo, como era fluente em várias línguas, poderia fazer as ligações para os americanos, talvez mesmo falar com eles. Claudius só precisava lhe dizer o que queria e ela passaria o recado.

Terceiro, a Amor Perfeito foi financiada por um banco japonês, quando foi aberta. Era o que a mãe pensava e o que ele também deveria pensar, quando ela conseguisse um novo financiamento para ajudá-lo. Bastava um telefonema ou alguns acessos no computador pessoal. Ninguém precisava saber a real origem do dinheiro.

Com a mente ativa se sentia mais viva. Achou que podia contar mais algumas histórias para ele, enquanto se abraçavam no sofá, e outras depois, quando fossem para o quarto. Claudius era um bom ouvinte e precisava de pausas para se recuperar. Ao contrário dela, que nunca se cansava.

Parte 5 — No Japão Feudal

24 — Castigos e prêmios

Uma coisa que ela não contaria em detalhes era que vampiros não tinham nenhum sentimento bom: nem amor, nem amizade, nem gratidão, muito menos fidelidade ou moral. Claudius não precisava saber disso pela boca dela, mas podia contar que a única coisa que importava era a sobrevivência, e para sobreviver valia tudo.

Era assim com todos no palácio, desde o Shogun até os samurais, os escravos e também as noivas. Estas, para passar o tempo, viviam conversando com os outros moradores do palácio, com exceção dos prisioneiros. Muitas vezes rolava alguma coisa a mais. Shogun fingia não saber, desde que não o incomodassem. Se alguma coisa ameaçasse sair do controle ele castigava a noiva e destruía o ofensor.

Vários desses relacionamentos já tinham lhe rendido alguns castigos: ficava acorrentada numa cela nos calabouços, sem a ração de sangue e no escuro. Ela já não sabia o que era pior: a escuridão ou a sede. Desconfiava que Katsumí tinha alguma coisa nisso. Ela sempre fingia ajudar a conseguir encontros, talvez para contar ao mestre depois. A outra noiva tinha muita experiência, com encontros e com intrigas.

O mestre não era ciumento, mas era extremamente possessivo. Considerava as noivas como propriedade e as usava conforme bem entendia. Quando tolerava alguma coisa era porque tinha algum interesse próprio. Ninguém no palácio se importava com ninguém, enquanto não estivesse ameaçado.

O relacionamento que mantinha com a maioria dos samurais até se aproximava de amizade. Embora com alguns também houvesse algo mais. Samurais são homens tradicionalmente formados para manter a honra, em qualquer coisa que fizessem. Aqueles que tinham sido transformados em vampiros se consideravam derrotados e desonrados, e como até a morte lhes havia sido negada, todos tentavam compensar isto de qualquer outra forma. Até podia parecer que tinham lealdade ao mestre, mas na realidade era apenas uma tentativa de justificar a própria existência. Eram guerreiros ferozes e destemidos, cumprindo ordens a qualquer preço, sabendo que se morressem em batalha seria uma redenção. Tinham o instinto de sobrevivência, mas sem temer a morte. Nesse antagonismo, podiam fazer qualquer coisa.

Desde que não houvesse nenhuma ordem em contrário, eles até protegiam as noivas. Dependendo da situação alguns se comportavam como pais delas, outros como professores, e outros como amantes, geralmente quando Shogun não estava por perto.

Só um dos samurais era diferente de todos os outros: um que sempre a protegia, que parecia gostar realmente dela, até ensinava várias técnicas de luta com espadas e adagas. Se preocupava em treiná-la. Todos o conheciam como o General Noboiushi. Era alto, forte, o mais valente e o mais temido de todos os vampiros e, no entanto, era quem a tratava gentilmente, como a uma filha. Havia momentos que até o mestre deixava transparecer o medo que tinha daquele general.

Ele sempre saía em missões junto com o mestre, atuando como sendo o braço direito, mas houve uma vez em que não retornou. Jamais teve coragem de perguntar ao mestre o que aconteceu com aquele protetor.

25 — O escravo

Houve uma situação que aconteceu de forma diferente. Foi logo no início de 1733. Os samurais haviam capturado um novo escravo, numa das missões. Era um jovem com cerca de 20 anos, que se mostrava dedicado, que não se sabia se era muito covarde ou muito corajoso por obedecer cegamente às ordens do Shogun. Em menos de um ano já estava recebendo missões externas do mestre, como mensageiro em missões curtas. Sempre voltava, sem precisar ser caçado pelos batedores.

Ela se interessou pelo rapaz, por ser menos boçal do que os demais. Começaram um relacionamento. Pensava que o mestre não sabia, até uma noite em que foi convocada para a diversão dele. Em certo momento, o vampiro que nunca sorria perguntou:

— Você está muito interessada naquele jovem escravo?

Ela se arrepiou. Já se imaginou acordando no quarto de recuperação ou no calabouço...

Sem esperar resposta, o mestre continuou:

— Tem algo estranho com aquele rapaz. Quero que você faça uma coisa para mim.

Então era isso. O mestre queria alguma coisa, então não seria castigada. Perguntou, docilmente:

— O que ordena, meu senhor?

— Antes, me diga: sobre o que vocês conversam quando estão sozinhos?

Ela contou que eram apenas frivolidades: a rotina do palácio, o que os samurais faziam, quais eram suas forças, se tinham alguma fraqueza, se os escravos também lutavam, coisas sem importância...

— Ele já perguntou algo a meu respeito?

— Várias vezes, parece que ele o admira muito.

— Menina tola! Na próxima vez que estiver com ele, quero que lhe conte isto...

E passou a lhe dar instruções. Ela não entendia o porquê daquilo, mas sabia que devia obedecer.

Cerca de uma semana depois, numa das vezes em que se encontrou com o rapaz numa cela vazia do calabouço, ela contou o que precisava, conforme as instruções do mestre. Soube pelos outros escravos, que na semana seguinte o rapaz recebeu uma nova missão e ficaria fora alguns dias.

Duas noites antes da data em que o jovem deveria voltar, um samurai veio buscá-la: estava sendo convocada pelo mestre. Estranhou, pois ainda não era a vez dela, tinha as outras noivas na fila. Mas seguiu o samurai. Desta vez não foi conduzida para a sala de banhos.

Quando chegou na sala do trono, como sempre iluminada apenas por poucas tochas, notou um cheiro diferente, agradável. Viu o mestre sentado no lugar dele, sempre com roupas e capa preta. Na frente do trono havia um homem ajoelhado. Quando se aproximou pode ver que era o rapaz, com mãos e pés amarrados, o rosto coberto de sangue fresco. Compreendeu que o jovem amante apanhou bastante. O cheiro agradável que sentia era do sangue quente do escravo. Imediatamente a sede se manifestou.

O mestre se dirigiu a ela:

— Pegamos este espião graças aos seus serviços. Ele caiu direitinho na armadilha...

— Espião, senhor?

— Sim, estava trabalhando para os Caçadores. Foi enviado aqui para obter informações. Mas já tenho o que queria saber, agora ele merece uma lição. Vai morrer pelas suas mãos. Está autorizada a mordê-lo, agora!

Estava bem acostumada a obedecer. Aquele "agora" não deixava margem a nenhuma dúvida. E o cheiro de sangue fresco, fazia a sede ser terrível...

Ao se aproximar do rapaz viu a expressão no rosto dele, um misto de terror e súplica. Talvez ele ainda estivesse com alguma esperança de que ela o salvasse, o pobre coitado. O problema era que estava com muita sede e tinha uma ordem a cumprir.

Deixou que os dentes caninos se expandissem pela primeira vez, naturalmente. Quando o rapaz os viu, mudou a expressão de súplica para medo e muito mais terror.

Não havia outro jeito. Ela também se ajoelhou, segurou-o pelos braços e mordeu-lhe a garganta, bem na veia jugular. Sentiu o sangue quente pulsante jorrando para dentro da boca. O sangue fresco foi delicioso, muito melhor do que o sangue frio das rações e muito mais abundante. Bebeu à vontade, até sentir quando o coração do rapaz parou de bater e o jorro cessou. Ainda sugou um pouco mais, sem conseguir parar. Quando não havia mais nada, soltou o corpo e o deixou cair.

O samurai havia permanecido na sala, quieto a um canto. Mestre Shogun apenas observava, satisfeito com sua cria. Foi quem falou:

— Agora quebre o pescoço dele. Não precisamos de um caçador vampiro.

Ela hesitou, não sabendo exatamente como fazer aquilo. Shogun virou-se para o samurai:

— Mostre, mas deixe que ela o faça.

O samurai se aproximou do corpo, se abaixou e segurou a cabeça com as duas mãos. Disse a ela como devia virar, qual o movimento a fazer e qual força aplicar. Soltou a cabeça e deixou que ela experimentasse. Agindo conforme as orientações, ela sentiu e ouviu quando os ossos se quebraram. Aprendia rápido.

Shogun se deu por satisfeito. Ordenou que o samurai levasse o corpo para a fornalha e a dispensou. Tinha planos a formular.

Pela primeira vez desde a transformação se sentia completamente saciada. E a primeira ideia maluca, das várias que ainda teria, começou a tomar forma em sua mente.

26 — O desafio

Ter se alimentado do sangue do escravo foi uma experiência marcante nos primeiros anos como vampira. Foi delicioso ter a sede aplacada, mesmo sabendo que aquilo era temporário.

Ficou curiosa para saber por quanto tempo podia resistir à sede.

Resolveu adiar o máximo que pudesse a próxima refeição de sangue. Alimentos normais de humanos sustentam a parte humana dos corpos dos vampiros, mas para a sede era necessário ser sangue. Mesmo quando voltou a ficar sedenta, ainda continuou adiando a refeição, até que não suportou mais e bebeu a ração.

Na primeira vez, o sangue fresco do escravo a sustentou por dois meses. Quando tomou a ração, marcou uma data para a próxima refeição, dois meses depois. Capitulou depois de quatro semanas.

Mas se tinha conseguido ficar sessenta dias sem se alimentar, um mês significava uma derrota. Passou a considerar aquilo como um desafio e marcou novamente a data para mais sessenta dias. Capitulou em seis semanas. Atingir a marca virou uma obsessão: marcou a nova data para mais dois meses à frente. E conseguiu, apesar da sede terrível quase matá-la de inanição nos últimos dias. Mas só atingir a marca não foi suficiente para sua determinação, tinha que quebrar o recorde. A próxima data foi marcada para dali há quatro meses, dois a mais do que o primeiro sucesso. A obsessão por vencer a sede continuou por todos os anos seguintes, sempre tentando quebrar o último recorde. Falhou por várias vezes, mas sempre insistiu novamente. Passou a fazer uma dieta permanente. Tentando sempre adiar a refeição por mais dois meses, a marca original. Ou mais tempo, quando conseguia, para compensar os fracassos. No palácio ninguém se importava, parecia que nem viam o que ela fazia.

A batalha era dolorosa, mas enquanto o período entre refeições era esticado notou que podia trazer algumas vantagens. Quando o mestre a pegava com algum escravo ou samurai, e era punida, os castigos eram mais fáceis de suportar. Conseguia conviver com a sede cada vez por mais tempo, embora odiasse a escuridão solitária do calabouço.

Pôs na cabeça que algum dia encontraria um jeito de se livrar das trevas também. Quando pudesse sobrepujar o medo do sol.

27 — Pin Yang

Em meados de 1740, conseguia ficar dezoito meses sem se alimentar de sangue humano, quando uma nova noiva chegou, vinda do quarto de recuperação. Uma menina bonita, transformada ainda mais jovem do que ela, tendo no máximo dezenove ou vinte anos. Alguma coisa naquela menina a fez se lembrar da própria vida que teve antes da transformação, como se visse a si própria ainda criança.

Um instinto de sobrevivência se manifestou e começou a cuidar da garota como se fosse de si mesma. Nas conversas com a novata ensinava o que aprendeu, que no fundo era "tudo o que ela precisava saber", e até lhe dava a própria ração diária de sangue a que tinha direito, agora que não dependia mais disso antes da data agendada. Era quase como se estivesse protegendo uma irmã mais nova, como se isso fosse possível entre vampiros.

Mas a garota era rebelde, talvez devido à pouca idade, e ainda tinha pesadelos relacionados à noite da transformação. Parecia não estar conformada por agora ser uma vampira.

A presença da menina durou apenas alguns meses, até a noite em que ela foi a escolhida para satisfazer os caprichos do mestre. Foi numa noite bem tenebrosa, muito fria e chuvosa. Não havia se passado nem uma hora, desde que a garota fora levada pelo guarda samurai, quando todos ouviram gritos vindos dos aposentos do mestre.

Seguindo-se aos gritos, o próprio mestre surgiu na porta que dava para a escada, a que descia para o centro do pátio, trazendo a menina nua, arrastada, enquanto a segurava pelos cabelos. Ele tinha alguns cortes sangrando no rosto, de arranhões feitos por unhas. Usava apenas as calças pretas de samurai e as botas, com o dorso nu. Não se importava com a fria garoa que caía.

A menina se debatia e gritava, sem conseguir se soltar, o chamando de monstro.

Todas as outras noivas, os samurais presentes e alguns escravos vieram ver o que estava acontecendo, atraídos pelo barulho. Ninguém falava nada.

Shogun falou mais alto do que os gritos da menina. A voz revelava que estava possesso:

— Eu criei este animalzinho e ela me desobedece e me rejeita. Até me atacou.

E sem dizer mais nada, levantou-a segurando pelos braços, liberou as presas e as cravou no pescoço da pequena rebelde. Sugava o sangue com raiva. Em menos de um minuto ela parou de se debater.

Num gesto brusco, quebrou o pequeno pescoço e ainda não satisfeito, segurou o corpinho com as duas mãos, o levantou acima da cabeça, se ajoelhou sobre uma perna e atirou o corpinho de costas, com força, sobre o outro joelho. Todos ouviram o estalido dos ossos quebrando e o corpo se dobrou em dois, num ângulo de 90 graus. Shogun era o vampiro mais velho e o mais forte. Na sequência ele atirou a menina vários metros para longe. Se levantou e desafiou:

— Alguém mais quer me atacar?

No silêncio que se seguiu não se ouvia nem uma respiração. Então se virou e voltou para os aposentos, pisando forte. O sangue da menina curaria aqueles arranhões em poucos minutos.

A garoa virou chuva. Demorou alguns minutos, até que dois escravos recolheram o corpo e o levaram na direção da fornalha. Só então todos os demais começaram a voltar para o que estavam fazendo antes. Ninguém se importava. Exceto Katsumí que parecia sorrir.

Alana ficou mais algum tempo, sozinha, recebendo no rosto a chuva que aumentava. A menina se fora. Seu instinto de preservação lhe alertava do perigo, prevenindo que ela poderia ter sido a morta neste momento. Alguma coisa em seu interior dizia que não precisava ter sido assim. A chuva escorria pela face. Alguém que não soubesse que ela era uma vampira poderia pensar que estava chorando.

O nome da menina era Pin Yang.

28 — Espionando

Alguns anos depois, em 1744, o mestre mandou chamá-la novamente. Tinha uma outra missão. Desta vez, seria fora do palácio.

Os batedores o haviam informado de que Caçadores estavam se reunindo e se organizando num outro palácio próximo, a cerca de meio dia em passo de cavalo. Vampiros podiam se deslocar muito mais rápido do que isso, cobrindo aquela distância em menos de uma hora, apenas correndo a pé. Bastava que fosse noite.

Se os inimigos puderam plantar um espião em seu palácio, ele podia fazer o mesmo no palácio deles. Mas não podia usar um samurai ou um escravo, pois seriam descobertos rapidamente. Optou por enviar uma das noivas, já que podia dispor delas como desejasse e elas lhe deviam obediência cega, conforme era exigido. Alana foi a escolhida.

O plano era simples: ela devia se apresentar como uma princesa, com alguma doença de pele, e precisava ficar em tratamento fora do palácio do pai, onde era muito úmido. Seu nobre "pai" enviaria uma carta implorando para alguém cuidar de sua filha, junto com uma arca cheia de moedas de ouro para custear o tratamento, até que ela melhorasse e pudesse voltar para casa.

O pergaminho e a arca já estavam prontos. Ela não imaginava que o mestre pudesse ter tanto ouro, mas logo lembrou que os samurais também capturavam coletores de impostos do Xogum, normalmente bem abastecidos. Devia haver muito mais, além do que estava naquela arca.

Para confirmar a história, ela seria acompanhada por um escravo, que se passaria por um médico particular. Eles tinham capturado um com conhecimentos médicos, poucos anos antes. A missão dele seria protegê-la, principalmente do sol e de perguntas incômodas, que poderiam revelar sua condição de vampira. Seria também o pombo correio, passando as informações que ela obteria para outros mensageiros que seriam enviados.

Também haveria samurais batedores escondidos por perto, caso ela ficasse em perigo. Mas ela sabia que na verdade eles estariam lá para vigiá-la e ao escravo doutor.

O mestre destacou que precisava ocultar a qualquer custo a sua condição de vampira. Se os caçadores desconfiassem, ela seria torrada ao sol, cortada em pedacinhos e ganharia uma estaca no coração ou teria a cabeça decepada, depois de falar qualquer coisa que eles quisessem ouvir.

Odiou esta parte, mas o resto a deixava excitada: sair do palácio, viver algum tempo se fingindo de humana, conhecer outras pessoas.

O mestre ainda insistia que ela devia tomar o máximo de cuidado para se alimentar, não podendo deixar pistas. Deveria descobrir onde ficava o calabouço do inimigo, os aposentos dos servos, encontrar um jeito de se livrar dos corpos daqueles que a alimentariam e assim por diante. E é claro, obter o máximo de informações sobre a organização, os planos deles, o que eles sabiam, etc.

Esta parte foi a mais tranquila: havia se alimentado há menos de um mês e a próxima data estava marcada para dali há dois anos. Da forma como ele insistia, parecia que o mestre não sabia disso; ponto para ela. Quando completou um ano sem beber sangue, ficou evidente que rações não seriam suficientes para prosseguir com a dieta. Nas vezes seguintes ela roubou prisioneiros e feito refeições completas, muito mais saborosas e consistentes. Ela mesma se livrou dos corpos na fornalha sem ninguém perceber. Pelo jeito, nem o mestre. Vantagens de morar num lugar onde ninguém se importava com ninguém.

Apesar deste ser um desafio completamente novo, se sentia bastante confiante. Nos muitos anos de convivência com os samurais aprendeu a ler, a manejar adagas e espadas curtas, alguns golpes de defesa pessoal, outros de ataque e até foi treinada para cavalgar. Com a força de dez homens e a velocidade vampiresca ela seria um osso duro de roer caso fosse descoberta. Não tinha certeza se o mestre sabia disso tudo e a tinha escolhido justamente por isso. Ele sempre tirava vantagem de todas as situações.

A partida estava marcada para a meia noite do dia seguinte. Seria levada numa pequena carruagem puxada por cavalos, com a arca e a carta. O escravo médico iria na boleia. Dois samurais batedores fariam o papel de escolta e guias, viajando a pé para ter mais mobilidade. Eles conheciam um local perto do palácio dos caçadores onde todos poderiam se esconder do sol, pois chegariam quase pela manhã.

A carruagem devia retomar a viagem perto do fim da tarde, apenas com ela e o médico. Dentro da carruagem ela estaria protegida do sol, mas deveria chegar ao destino antes do escurecer, para manter o disfarce. Deveriam dizer que viajaram o dia todo, e ela precisaria ser carregada para dentro, protegida por muitos cobertores, devido a saúde debilitada. Depois estaria por conta própria, para convencê-los.

Gostou do plano, o mestre parecia pensar em tudo. Como ainda havia quase 24 horas antes da partida, voltou ao aposento para se preparar. O mestre ordenou que ela recebesse um baú com roupas novas, vários quimonos, objetos de uso pessoal e até algumas joias. Precisava convencer que era uma princesa, filha de um nobre.

As outras noivas a olhavam com ódio e inveja, por receber aqueles presentes, mas nenhuma ousava contrariar o mestre. Ela recebeu tudo o que ele ordenou.

Na noite seguinte partiu como uma princesa, com carruagem e escolta, para a primeira missão de espionagem.

29 — Entre inimigos

Ao chegarem na entrada do palácio, não tiveram problemas. Seu doutor anunciou que tinham uma mensagem e um presente para o nobre proprietário do lugar. Como não aparentavam ser nenhuma ameaça, tiveram a entrada autorizada.

O palácio era semelhante ao do Shogun, mesmo estilo arquitetônico. Identificaram logo que a entrada era pelo Rô Ocidental, e que o nobre deveria estar no Shindem. Alana não poderia fazer aquele percurso de quase quarenta metros sob o sol, primeiro problema. O doutor deveria seguir sozinho até o pátio, pedir uma audiência levando a carta e aguardar. Ela continuaria na carruagem até escurecer ou ser carregada protegida pelos cobertores que trouxera.

O proprietário do local, que ela descobriu mais tarde ser chamado apenas de "Comandante", de início não confiou muito naquele pedido estranho. Mas como já era quase noite, ele não poderia se recusar a acolher uma princesa com a saúde debilitada, acompanhada apenas do médico, sem nenhum soldado ou criado. Muito estranho, mas autorizou que ela fosse recebida como uma hóspede, para passar a noite, até que pudesse prosseguir viagem na manhã seguinte.

Dois serviçais foram enviados para ajudar a carregar a bagagem, enquanto o próprio médico a carregava para dentro, toda coberta. Os quartos de hóspedes ficavam no mesmo Rô próximo do portão de entrada, portanto foi um pequeno trajeto sob o sol do ocaso, sem maiores consequências. Ela foi hospedada em um quarto e o médico no quarto vizinho. Pode notar que havia guardas espalhados por todos os lados, vestidos como samurais.

Uma hora depois o Comandante enviou um serviçal para perguntar se ela se sentia forte o suficiente para jantar em sua companhia e de alguns oficiais, ou se preferia descansar até o dia seguinte. O convite era estendido ao médico. Como já era noite ela aceitou, pois no dia seguinte haveria o sol e muitos outros perigos. Mas não estava confortável em levar o doutor, vendo que ele estava muito nervoso, podendo pôr tudo a perder. O instruiu a falar o mínimo possível, para deixar que ela falasse o que fosse necessário. Ele deveria confirmar tudo o que ela dissesse, mesmo que não soubesse do que se tratava. Como o mestre dissera, agora era com ela. Como já tinha lido o pergaminho na carruagem, sabia que seu "pai" se chamava Shoburi Wang, que era um nobre de uma família favorável ao Xogum, mas não muito próxima, e seu palácio ficava numa província montanhosa mais ao norte, há dois dias dali. A doença vinha desde a infância, a fazendo sensível a luz e o médico a tratava desde pequena.

No horário marcado foram conduzidos ao Shindem para o jantar com o Comandante. No moya, a sala onde estava montada a mesa sobre um tatame, além dela e do doutor só haviam mais três homens: dois aparentavam cerca de 40 anos, altos, fortes, um pouco gordos e barbudos. Um era o Comandante, o outro foi apresentado como um General. O terceiro era mais jovem, com cerca de 30 anos, barba aparada, mais atlético. Era o Capitão da Guarda. Todos estavam vestidos como guerreiros samurais, porem desarmados.

Após as apresentações, ela ordenou ao doutor que entregasse ao Comandante a pequena arca com o ouro, o presente que seu pai havia enviado. Em seguida, a primeira pergunta do Comandante a desconcertou. Era algo que não estava escrito no pergaminho, que por sinal, estava sobre a mesa:

— Qual o seu nome, Princesa?

Respondeu com o primeiro nome que lhe veio à mente:

— Pin Yang, senhor.

Lembrou-se de acrescentar o nome de família, o mesmo do seu "pai":

— Shoburi Pin Yang.

— Muito bem, Princesa Pin, se me permite chamá-la assim. Agradeço o presente, mas ainda não posso aceitá-lo. Estamos curiosos com uma coisa: como seu pai permitiu que viajasse apenas com um médico, sem nenhuma guarda pessoal?

Ops, outra falha no plano. Improvisou:

— Quando saímos o grupo era maior, senhor. Eu tinha um cocheiro e dois samurais como escolta. Na última noite fomos atacados, penso que por salteadores. O doutor foi um herói. Assim que o cocheiro foi derrubado, ele assumiu a boleia e fugimos com a carruagem. Os samurais ficaram para trás, nos defendendo e atrasando os atacantes.

Fez cara de choro:

— Como ninguém nos alcançou, temo pela vida deles, senhor...

Parece que o Comandante acreditou. Os outros dois ainda não haviam entrado na conversa. Foi o General quem disse, com uma voz forte:

— Pela manhã enviarei uma tropa para procurá-los. Sabemos como os salteadores são perigosos, lamento informar que as chances de encontrá-los vivos são muito remotas.

Ela improvisara corretamente. Agora precisava enviar uma mensagem urgente ao mestre. Ele não teria dificuldade em desovar três corpos na floresta próxima da estrada. O doutor deveria saber como enviar a mensagem.

O jantar prosseguiu normalmente. Conversaram sobre coisas mais amenas, o que não foi difícil para ela, por estar familiarizada com samurais. O doutor e o Capitão permaneceram calados quase o tempo todo, permitindo que ela dominasse as atenções. Sobre o ouro, o Comandante informou que o guardaria para ela até quando partisse, se fosse breve, pois não era seguro deixá-lo nos quartos de hóspedes. Se a permanência dela fosse longa, voltariam a conversar sobre isto.

De tempos em tempos ela fingia tossir, tinha que se passar por fraca e doente. E sempre que podia, ela sorria, para todos os presentes. Aquilo foi quebrando o gelo, eles já não se sentiam ameaçados.

E o tempo todo, o Capitão da Guarda não tirou os olhos dela. Mas não parecia que a estava vigiando: era um outro tipo de olhar, que ela conhecia muito bem.

30 — Missão cumprida

No dia seguinte foi acordada logo pela manhã, por uma serviçal. Como normalmente vampiros dormem durante o dia, estava realmente parecendo indisposta e cansada, e evitava os locais claros e ensolarados a todo custo. A serviçal não teve nenhuma dúvida de que ela estava doente de verdade, e foi logo avisar seus superiores. Não demorou e voltou trazendo o Capitão e o seu médico.

O doutor recomendou repouso absoluto, como estava orientado a fazer, e mandou fechar todas as cortinas e janelas. Por tabela, o Comandante autorizou que permanecessem no palácio: de forma alguma ele exigiria que ela partisse nestas condições, e não via nenhuma ameaça naqueles dois estranhos.

A primeira parte da missão estava cumprida: estavam infiltrados.

Para a segunda parte, coletar informações, descobriu que ter serviçais ajudava muito. No aposento onde ficava com as outras noivas não havia isto, então nos primeiros dias foi estranho ter outras mulheres cuidando dela. Mas não as maltratava, estava apenas curiosa. Em contrapartida, as servas nunca haviam cuidado de uma princesa, estavam encantadas com a amabilidade dela. Alana logo descobriu que elas podiam ser uma fonte inesgotável de informações sobre o palácio e as pessoas que o habitavam. As servas mais jovens conheciam inclusive informações confidenciais e militares. Percebeu logo que eram confidências de cama.

Tudo o que ela ouvia e que era identificado como importante era passado ao doutor, que por sua vez repassava para os mensageiros fora do palácio, e assim chegava ao conhecimento do mestre.

O esquema funcionou adequadamente por pouco mais de um ano. Alana percebeu que podia sair errado quando algumas das servas mais jovens começaram a falar das dúvidas dos oficiais. Eles comentavam que alguma coisa podia estar errada, os vampiros pareciam sempre estar um passo à frente de tudo o que eles planejavam. Alguns chegaram a cogitar sobre a presença de um espião no palácio. Ela sentiu o perigo.

Resolveu filtrar mais as informações que enviava para fora. Ainda tinha na memória o jeito como o mestre a usara para armar a armadilha e depois lhe dera de presente aquele escravo espião. Ela não seria um presente para ninguém.

Também precisava melhorar sua própria segurança e até mesmo definir um plano de fuga, caso alguma coisa realmente piorasse. A resposta parecia óbvia: estava na hora de seduzir o Capitão. Ele estava interessado nela desde que tinha chegado há um ano, mas era um homem honrado e respeitador, um autêntico samurai. Estava sempre por perto, parecia realmente preocupado com sua saúde. Foi o que usou como isca, além do seu sorriso é claro.

Sempre que podia ela o chamava para conversarem, dizendo que estava melhorando, que sentia saudades de casa, que estava entediada de ficar todo o tempo só repousando, que não conseguia dormir direito a noite... E sempre sorria.

Em pouco tempo ele estendeu as visitas, também para a noite, mexendo na escala dos guardas para que ninguém soubesse. Das conversas para a cama foi um passo pequeno, nenhum homem resistia ao sorriso e charme. Agora tinha como conferir as informações que recebia, além de conseguir outras em primeira mão. Os meses seguintes passaram bem rápido.

Nesse meio tempo, definiu um plano de fuga. Pelas conversas com a criadagem descobriu que o motivo principal de perda de criados em todos os palácios era geralmente roubo. Sempre que um criado desaparecia era normal alguma coisa de valor desaparecer também, e normalmente eram recapturados juntos, o criado e o objeto.

Se ela pretendia desaparecer daquele palácio, precisaria da ajuda de alguém: havia o sol e muitos outros perigos que ela não podia enfrentar sozinha. Seu médico não tinha nenhuma autonomia. Para justificar o desaparecimento de qualquer outra pessoa, tinha que haver um motivo. O que haveria de valioso naquele palácio? Seu Capitão deveria saber.

No próximo encontro com o Capitão ela jogou a isca. Disse que estava com muita saudade do pai e de casa. Seu pai também deveria estar muito preocupado, sem notícias a tanto tempo. Quem a levasse de volta provavelmente receberia uma boa recompensa em ouro. Para provar que tinha boas intenções e era honrado, só bastava devolver antes a arca com o ouro que ela trouxera.... Perguntou ao Capitão, despretensiosamente, se o Comandante ainda a guardava?

— Perfeitamente, alteza. Está muito bem guardada no Shindem, junto com os outros tesouros. Gostaria de vê-la?

— Isto seria possível, meu senhor? — Ela respondeu. — Eu teria permissão do Comandante?

Ele parecia se exibir:

— Eu mesmo posso mostrá-la para Vossa Alteza. Sou eu o responsável pela vigilância do tesouro. Só vamos olhar, então não vejo nenhum problema. Em mais algumas horas não haverá outros guardas, quer vê-la esta noite mesmo?

Ela concordou, bastava mantê-lo em sua companhia por mais umas horas, não seria nenhum problema.

Quando saíram para o corredor estava tudo escuro. Andavam cautelosamente, para não fazer barulho e não acordar ninguém. Havia muitas portas e muitos corredores até chegar ao Shindem, mas portas de correr feitas de papel de arroz eram silenciosas. Não tiveram nenhum imprevisto para chegar na sala onde os tesouros eram guardados. Memorizou o caminho.

Na sala, havia várias arcas de diversos tamanhos. Uma se destacava, era bem maior do que as outras. Como de brincadeira, ela duvidou que aquela grande estivesse cheia... O Capitão a abriu, para provar que realmente estava e fechou em seguida. Mostrou onde estava a pequena que ela havia trazido e a deixou satisfeita, duplamente. Voltaram pelo mesmo caminho, deixando tudo exatamente como encontraram.

Agora ela já tinha definido seu plano de fuga, mas faltava ainda fazer uma visita exploratória em outro lugar, sozinha.

31 — Volta para casa

As coisas estavam ficando complicadas. Já estava há dois anos sem se alimentar, tinha chegado sua data limite e a sede era terrível, mas não podia fazer nada neste momento. Todos os oficiais e os guardas estavam de sobreaviso para qualquer coisa anormal. Se alguém desaparecesse agora, seja uma serva, um guarda ou qualquer outro, as suspeitas deles de que poderia haver um vampiro infiltrado se confirmariam. As chances de ser descoberta e destruída eram muito grandes, portanto a sede teria que esperar.

Para piorar, as notícias que uma serva trouxe esta manhã eram muito estranhas: os oficiais falavam de um ataque de vampiros ao lado do palácio, parece que tinha três mortos. E seu doutor ainda não tinha aparecido para a visita matinal, evidenciando que alguma coisa estava muito errada.

A confirmação de que tudo estava perdido chegou à tarde, quando o Capitão veio lhe dar as últimas notícias. Realmente tinha acontecido um ataque de vampiros na madrugada anterior, e ele confirmou três mortes. Hesitava em contar mais, mas ela insistiu tanto que ele teve que ceder:

— Entre os mortos estavam dois dos meus guardas, os que estavam designados para a ronda noturna. Deviam estar voltando para o palácio, para serem pegos de surpresa...

— E o terceiro? O que o senhor está me escondendo?

Sentiu o perigo, como se fosse sólido. O Capitão estava todo sem jeito ao falar:

— Lamento informar, mas foi o seu médico. Ainda estamos investigando alguns fatos estranhos, e não se preocupe: já estamos procurando outro médico para continuar seu tratamento...

Essa não. Eles nunca encontrariam outro médico com a mesma formação e o mesmo treinamento. Quase esqueceu da sede, enquanto punha seu cérebro para trabalhar em velocidade máxima. Perguntou:

— Que fatos estranhos, senhor? Se é que pode me falar...

Agora que ele já havia informado o que pensava ser a pior parte, parecia mais confiante:

— Dos três, era o único que estava com as mãos amarradas. Meus guardas estavam mais bem treinados para resistir ao ataque, por que os vampiros amarrariam as mãos apenas do doutor, antes de matá-lo?

Viu a verdade, mas não podia contar. Precisava manter a farsa, seu instinto de autopreservação falava mais alto até mesmo do que a sede:

— Quando fomos atacados o doutor agiu com heroísmo, fugindo comigo e com a carruagem. Ele deve ter tentado algum outro ato heroico, que irritou os vampiros, é só o que posso supor...

Não podia contar que o mais provável era que o doutor tinha sido pego pelos guardas, depois de passar informações para alguém, e que estava sendo conduzido de volta ao palácio, preso. Os samurais batedores em vigília constante deviam ter visto tudo e resolveram intervir. Devem ter pensado que só se livrar dos guardas não seria suficiente para manter o plano, então se livraram do doutor também. Só não sabia se a ordem deles era para se livrar dela agora ou se apenas a abandonariam à própria sorte. De qualquer forma, tinha que agir rápido.

Num impulso, se atirou nos braços do Capitão e começou a fingir que chorava:

— Não posso acreditar que isto está acontecendo.... É terrível.... Por favor, meu senhor, me tire daqui. Me leve para minha casa, para meu pai...

O Capitão foi pego de surpresa, não esperava essa reação. Mas imaginava compreender o que ela estava sentindo, era apenas uma frágil menina. Tentou argumentar:

— Não se preocupe, Princesa. Está protegida aqui, e logo vamos encontrar outro médico que vai curá-la. Eu mesmo cuidarei da sua segurança...

Não podia permitir isto, tinha que convencê-lo de qualquer forma. Continuou:

— O senhor não entende. Também me sinto em perigo, preciso do meu pai.... Se não pode me levar, por favor, ordene que um dos seus guardas o faça, por favor senhor...

E fingia chorar mais forte.

Ele ainda tentou argumentar mais uma vez:

— Nunca que eu entregaria sua segurança para um guarda qualquer, minha princesa. Mas sou o Capitão da Guarda, tenho meus deveres, não posso abandonar meu posto. Isto não seria honroso...

Honra. Era este o inimigo que ela precisava combater, se queria sair viva dali. Tinha que contra-atacar, inverter os papéis, fazer da honra sua aliada:

— Senhor, o que pode ser mais honroso do que devolver uma princesa em perigo para seu pai? Seu nome seria reverenciado em muitas províncias, meu pai cuidaria de informar a todos, sobre quem levou sua filha de volta. E eu posso convencer papai a fazer do senhor o meu marido, meu protetor eterno. Acho que não conseguirei mais viver sem a vossa presença ao meu lado...

Agora ele balançou. Sentiu a hesitação quando ele disse:

— A senhorita disse que para isto seria preciso devolver o presente que ele enviou. Seria desonroso abandonar meu posto e ainda retirar a arca daqui, sem uma ordem expressa do Comandante...

— Não, meu senhor. O senhor estava presente quando o Comandante disse que apenas guardaria a arca para mim enquanto eu estivesse aqui. Ela ainda me pertence e eu posso levá-la. Por favor, me leve para casa ainda esta noite, levaremos a arca. Em dois dias estaremos lá. Se não for como eu digo, o senhor poderá voltar. Eu ficarei muito triste, mas não vou impedi-lo. E se eu estiver certa, mandaremos um mensageiro com um convite para o Comandante, para assistir ao nosso casamento.

Golpe final. Ele não tinha mais como recusar. Ainda demorou um minuto para confirmar:

— Vou providenciar uma carruagem, princesa. Esteja pronta para partir a meia-noite. Não diga nada a ninguém, faremos isto em segredo, apenas nós dois.

Estava perfeito. Seu plano de fuga estava em andamento, mas havia mais uma parte que ela precisava fazer sozinha. Faltava criar um motivo para o desaparecimento do Capitão, já que ele nunca retornaria. E o motivo não poderia ser ela mesma.

Uma hora antes da meia-noite lhe pareceu apropriado para começar a agir. Não tinha tempo para ficar trocando de roupas, então apenas soltou a faixa que envolvia seu quimono, levantou a saia até a altura dos quadris e prendeu novamente a faixa, como se fosse uma frauda. Imaginou que estava ridícula, mas ninguém a veria e deixava suas pernas livres: precisava da sua velocidade para correr.

Ela saiu do seu quarto e usando as sombras e sua velocidade se dirigiu para a sala do tesouro. Em menos de um minuto chegou nela, sem ser vista. A sua arca não estava mais lá, o Capitão já deveria tê-la levado para a carruagem. Significava que a qualquer momento ele poderia aparecer no seu quarto para buscá-la. Como era um homem correto, podia acreditar que ele cumpriria o horário combinado, então ainda tinha praticamente uma hora inteira.

Pegou a arca maior. Devia pesar uns 30 a 40 quilos, mas para sua força não era problema. O tamanho é que era desconfortável. Procurou a melhor forma de segurar a arca, de um jeito que pudesse correr com ela, sem fazer barulho. Era complicado, viu que não daria para seguir pelos corredores carregando aquilo e ainda ficar abrindo e fechando portas. Decidiu que correr por baixo das paliçadas era mais seguro. Saiu do Shindem para o lado da piscina e desceu para o chão de terra, sempre levando a arca. Este palácio também era seco como o do mestre. Foi na direção dos calabouços, sempre correndo de sombra em sombra para não ser vista.

Já tinha examinado o calabouço antes. Tinha encontrado um buraco entre as rochas, na parede de uma das celas, a cerca de 4 metros de altura. Uma falha de construção. Devia ser suficiente para caber a arca. Sabia que com as pernas livres podia saltar aquela altura com facilidade, pois já tinha treinado saltos assim com os samurais. Mas nunca carregando uma arca grande e pesada. Precisou de vários saltos até conseguir encaixar a arca no buraco, apoiando os pés em algumas rochas salientes. Arranhou os braços nas pedras, ardia um pouco, mas sabia que em poucos minutos seu sangue curaria qualquer ferimento leve, mesmo fraca como estava devido ao seu regime.

Mesmo sendo noite e num calabouço escuro, tinha ficado tantas vezes na escuridão durante os castigos, que podia ver onde estava; afinal, era uma criatura da noite. Voltou ao chão e olhou para cima, não dava para ver nenhum sinal de que havia alguma coisa escondida naquele buraco nas rochas.

Satisfeita, voltou ao seu quarto. Sem uma arca para carregar, podia correr mais facilmente, e conseguiu voltar em pouquíssimos minutos, sem ser vista.

Suas roupas estavam completamente sujas. Trocou por outro quimono limpo, limpou seus braços que já estavam cicatrizando, e fez uma trouxa com as roupas sujas. Era só o que levaria, achava que quanto menos levasse mais daria credibilidade para sua fuga.

Exatamente a meia-noite o Capitão veio buscá-la. Ela o seguiu por alguns corredores, depois desceram uma escada e saíram por um portão lateral, usado apenas pelos criados, em direção da floresta. Era difícil andar naquele chão usando o quimono justo, preferiria ter as pernas livres, mas ainda precisava fingir que era uma princesa. Num trecho mais acidentado, o Capitão a pegou no colo e a carregou gentilmente. Seguiram por quase cem metros até chegar na carruagem que estava escondida entre as arvores. Mais perto que isso e a carruagem teria sido vista pelos vigias.

Rapidamente se acomodou no interior, com o Capitão se alojando na boleia. Saíram devagar para não fazer barulho. Era gostosa a sensação do dever cumprido, deveria merecer uma recompensa. Até a pequena arca com o ouro do mestre estava no chão da carruagem.

Depois de andarem quase duas horas pela estrada cercada de florestas, ela achou que já estavam longe o suficiente. Já se sentia segura... e sedenta. Tinha passado alguns dias da data prevista, um novo recorde.

Chamou pelo Capitão e pediu que ele parasse. Ele obedeceu, desceu e seguiu direto para dentro da carruagem, para ver o que estava acontecendo. O homem ficou paralisado de terror ao ver as presas que saiam da sua boca. Não teve tempo de gritar e nem de reagir quando ela o agarrou pelo braço com uma mão, tapou sua boca com a outra, o puxou mais para dentro com uma força inacreditável e o mordeu no pescoço. Em poucos minutos estava morto.

Ainda decidia como se livrar do corpo quando os dois samurais batedores a capturaram. Os mesmos que a tinham acompanhado até aquele palácio. Sua escolta.

32 — Madame Pin

O Comandante estava ficando possesso: já tinha uma semana que duas pessoas desapareceram do seu palácio e ele ainda não tinha uma pista sequer do que tinha acontecido. Uma era uma princesa doentia que ele tinha abrigado, e a outra era seu Capitão da Guarda.

Além das pessoas, também tinham desaparecido duas arcas cheias de ouro e joias: uma pequena de propriedade da princesa e outra grande, contendo um tesouro acumulado em dezenas de anos, fruto da doação de nobres que acreditavam nos Caçadores e em sua missão.

Já era complicado relatar que o tesouro fora roubado, mais complicado ainda explicar as circunstâncias.

O que ele sabia até agora?

Primeiro: ela não era uma princesa. Assim que soube do desaparecimento, seu primeiro pensamento foi que ela tinha sido sequestrada. Seu General enviou uma tropa ao palácio do pai dela, para informar do possível sequestro. Viajaram dois dias para não encontrar nada, ninguém sabia de palácio nenhum, de nenhum nobre chamado Wang e de coisa nenhuma. Procuraram um dia inteiro e precisaram de mais dois dias para voltar de mãos vazias.

Segundo: ela não era uma vampira, embora pudesse estar a mando de um. Nos dois anos que convivera ali, não aconteceu nenhuma morte nem tampouco algum desaparecimento. E todos os que tiveram contato com ela afirmavam que era realmente uma pessoa adoentada, embora amável, educada e gentil. Mesmo sofrendo estava sempre a sorrir.

Terceiro: o médico que a acompanhava devia ser o espião, passando informações para o inimigo. Depois que constatou que a princesa era uma farsa, pode ligar os pontos: o médico tinha sido amarrado pelos seus próprios guardas, estava sendo preso e conduzido para o calabouço quando foram atacados.

Mas aí começavam as inconsistências:

1— Se o médico era o espião dos vampiros, por que foi morto por eles?

2— Se a princesa, opa, título errado, se a "Madame" Pin não era uma vampira, por que mentiu e por que estava a serviço dos vampiros? Se estava sendo chantageada e fez aquilo forçada, explicaria em parte a atitude do Capitão. Mas isto gerava mais perguntas.

3— Qual era o envolvimento do Capitão em tudo isso? Ele sempre foi da sua mais absoluta confiança, um samurai honrado e honesto, tinha ódio mortal de vampiros, jamais faria qualquer coisa que favorecesse o inimigo. Se sequestrou Madame Pin para protegê-la de alguma chantagem, por que o roubo? Teria sido para pagar o chantagista?

4— Sobre o roubo, como pode ser executado? Ninguém havia visto ou ouvido nada. As arcas eram pesadas, não podiam ter sido carregadas por um homem sozinho, nem mesmo um homem forte como o Capitão. A Madame era muito frágil para ajudar, ela não conseguiria carregar nem a arca pequena. Portanto, outros homens tinham ajudado. Mas neste caso por que só aquelas duas, se haviam outras mais fáceis de carregar. E como entraram e saíram sem ser vistos? Teriam sido vampiros, mancomunados com o Capitão? Difícil de acreditar...

Para cada hipótese que formulava, surgiam novas perguntas. Suas patrulhas encontraram a carruagem roubada na floresta, mas sem nenhum sinal dos seus ocupantes e nem das arcas. Batedores experientes não tinham encontrado nenhum rastro para seguir, nem sinal de outra carroça. Como haviam levado aquelas arcas e para onde as tinham levado ou para onde tinham ido?

Tudo o que podia fazer por enquanto era despachar avisos de alerta para todos os outros núcleos de Caçadores.

Um alerta contra o Capitão, suposto ladrão e sequestrador, desaparecido com um tesouro. Descreveria as peças que pudesse se lembrar, caso alguém tentasse vendê-las.

Outro alerta contra Madame Pin, uma jovem muito bonita, frágil e adoentada, supostamente cúmplice de roubo e informante de vampiros, talvez sob coação. Mandaria uma descrição dela. Pobre menina.

Assim que algum deles ou os dois fossem capturados, teria as respostas para todas as perguntas. Por enquanto, o relatório "Madame Pin" inaugurava os Arquivos-X dos Caçadores, os casos sem solução.

33 — O resgate

Alana recebeu outra missão externa digna de registro trinta e seis anos depois.

Aconteceu de repente, sem planejamento. Assim que escureceu, numa noite no início de 1780, notou uma agitação anormal entre os samurais. Cerca de uma hora depois foi convocada à presença do mestre.

Shogun estava acompanhado por um general e dois guerreiros quando ela chegou na companhia de outro guerreiro. O mestre foi direto ao assunto:

— Tenho mais um trabalho para você. Dois dos nossos foram capturados esta tarde, pelos caçadores. Um general e um batedor. Estavam se protegendo do sol e não tiveram como se defender. Quando forem interrogados vão revelar nossa localização. Você vai buscá-los!

— Eu, meu senhor? Não entendo nada de missões de resgate, ou de batalhas...

— Você sabe como se misturar com humanos, mesmo com caçadores. Não posso enviar guerreiros, os inimigos os estão esperando. Você é nossa melhor chance...

— Mas senhor, não sei como poderei ajudar...

— Capturamos uma serva deles há poucas horas, quase do seu tamanho. Você vai se apresentar no castelo deles, usando as roupas dela. Descubra onde nossos samurais estão sendo mantidos e os liberte, eles saberão como lutar. Se estiverem sem condições de reagir, você tem minha permissão para matá-los, eles não devem falar nada que nos exponha.

E se dirigindo ao general:

— Tragam as roupas da serva. E também duas adagas pequenas, que possam ser escondidas na roupa. Se saírem agora, estarão no castelo deles em menos de uma hora. Quero tudo terminado antes do dia raiar. Vão!

Ninguém questionava ordens diretas assim. Ela mal teve tempo de trocar de roupa, de se armar e logo estava correndo pela noite, acompanhada por um general e dois guerreiros. As roupas folgadas da serva permitiam liberdade de movimentos e permitiam correr em alta velocidade. Desta vez não tinha carruagem, nem ouro ou escolta. Não tinha um plano, não sabia para onde estava indo e nem o que fazer. Teria que ser tudo de improviso: salvar seus companheiros, ou matá-los, ou morrer. Tudo em poucas horas. O estranho era que não estava com medo, até se sentia excitada.

Assim que se aproximaram o general a informou de como e onde a serva tinha sido capturada, provavelmente era uma lavadeira. Não sabiam o que ela fazia fora do castelo, não puderam interrogá-la. Ela tinha reagido e tentado fugir, foi morta para não gritar.

Não ajudava muito. Mesmo assim não havia outro jeito de invadir o local, precisava se passar pela menina. Deixou os samurais escondidos e se dirigiu cambaleante para a entrada do castelo, com o rosto coberto, como as roupas permitiam. Como era esperado, havia muitos guardas. Um deles logo veio ao seu encontro, armado com escudo e lança, espada na cintura. Ao ver que era apenas uma serva, relaxou. Como ela cambaleava, o guarda a apoiou e conduziu até os outros, onde um oficial que parecia chefiar a equipe iniciou um rápido interrogatório:

— De onde está vindo? O que fazia fora do castelo à esta hora?

— Senhor, não me lembro direito. Eu tinha saído à tarde, senti uma tontura, acho que caí e desmaiei. Quando acordei estava escuro...

— Está ferida?

— Não sei, acho que não, só me sinto um pouco tonta ainda...

O oficial pediu que ela descobrisse o rosto e examinou sua cabeça. É claro que não havia nenhum ferimento. E também é claro que ele ficou impressionado com sua beleza. Ordenou aos outros que retomassem a vigilância, enquanto ele acompanhava a garota até as cozinhas, um pouco de chá e uma sopa deveriam ajudá-la.

Primeiro passo perfeito, estava dentro. Agora o segundo passo. Arriscou:

— Senhor, por que a vigilância reforçada? Aconteceu alguma coisa?

O oficial ainda estava matutando como nunca havia reparado numa serva tão linda, apesar de normalmente nunca reparar em serva nenhuma. Mas não via nada perigoso naquela menina, tinha tempo para conversar um pouco.

— Capturamos dois inimigos muito perigosos esta tarde. Estão sendo mantidos no calabouço. — Ele apontou para um lado, onde deveria ficar o calabouço. Continuou: — Pode haver outros escondidos na floresta, a senhorita teve muita sorte...

Ela arregalou os olhos:

— Inimigos perigosos aqui no castelo? Senhor, estamos seguros?

— Não tenha medo, estão sendo vigiados por metade da minha guarda: dez soldados muito bem treinados...

"E a outra metade deve estar vigiando do lado de fora..." — Ela pensou.

— Podemos descansar tranquilamente, senhor?

— Isso mesmo, temos como lhe garantir um sono seguro, senhorita... Eu mesmo lhe asseguro isso...

A cozinha estava deserta àquela hora. Sobre o fogão à lenha forrado de brasas, havia um caldeirão cheio de sopa quente, reservada para os guardas da noite. Outras chaleiras deviam estar cheias de chá. Alana agradeceu a tigela que o oficial preparou e disse já estar se sentindo melhor. Informou que tomaria a sopa e depois se retiraria para os aposentos das servas. Não queria atrapalhar um oficial tão gentil, em tão importante missão.

O oficial estava encantado. Não duvidou dela em nenhum momento: só pediu que o procurasse quando estivesse melhor, no dia seguinte. No momento, tinha que retomar as patrulhas. Ela aproveitou a deixa para mais uma pergunta:

— Não há perigo nestas patrulhas, senhor? Espero que não tenha que passar perto do calabouço...

E sorriu enquanto perguntava.

— Não se preocupe, senhorita. As celas já estão bem protegidas. As patrulhas cobrem apenas o perímetro externo, eu estarei seguro.

E saiu da cozinha sorrindo de orelha a orelha...

Assim que ficou sozinha, ela correu para a porta, observando o castelo. Era bem escuro à noite, mas seus olhos eram treinados para encontrar onde estavam as sombras. Achou um caminho que podia levá-la na direção que ele apontara. Desde que fosse rápida não seria vista por olhos humanos. Partiu correndo como um raio, sem nem sequer provar a sopa.

Como já tinha imaginado, o calabouço era subterrâneo, dava para ver que havia escadas que desciam depois da porta. E como era de se esperar, a porta estava fechada. Podia ver por baixo dela porque do outro lado estava cheio de tochas acesas. Droga, deveria ser um lugar escuro, sem luz. Não poderia entrar por ali.

Começou a contornar a parede para a direita, sempre se escondendo nas sombras mais escuras. Andou por uns dez metros até localizar algo que parecia uma janela de ventilação, a cerca de quatro metros de altura. Mesmo na escuridão podia ver que havia espaço suficiente para que ela passasse, desde que não tivesse grades. Resolveu arriscar. Com um único salto chegou na janela. Passagem livre, nenhuma grade.

Do outro lado havia um corredor estreito. De um lado, podia ver as luzes das tochas, onde ficava a porta fechada. Do outro estava escuro, não era possível ver onde chegava. Naquele corredor ela não teria onde se esconder, mas não tinha opção. Desceu com um salto quase felino, sem fazer barulho e resolveu se afastar do lado escuro. Não havia muito tempo para explorações.

Seguiu na direção das tochas, tentando ouvir qualquer barulho por menor que fosse. Estava agora do lado de dentro da porta trancada. Ouviu vozes, vindas de baixo. Bem devagar começou a descer os degraus, sempre atenta. As duas adagas bem firmes em suas mãos. Já sabia que havia dez guardas no local, e ainda não tinha visto nenhum.

No andar de baixo havia outro corredor como no de cima, seguindo na mesma direção, mas fazia uma curva em ângulo reto. Estava todo iluminado por tochas. Foi até onde o corredor se dobrava, se deitou no chão e arriscou olhar para dentro. Pode ver que todos os dez guardas estavam ali e que havia celas por toda a extensão do segundo corredor. Devia ter uns vinte metros de comprimento, por dois de largura. Era impossível entrar despercebida por este lado. Com cuidado para não ser vista tentou olhar novamente para o fundo do corredor, tentando ver se havia outra entrada pelo outro lado. Impossível, havia muita gente no meio.

Decidiu voltar e tentar dar a volta pelo andar de cima, pelo lado que tinha evitado. Subiu novamente a escada, sempre sem fazer nenhum ruído e voltou para a porta, seguindo depois para o corredor escuro. Precisou de um minuto para que seus olhos se acostumassem novamente à falta de luz. Seguiu até a curva e seguiu o segundo corredor até o final procurando por outra escada que descesse. Achou e seguiu por ela. Mas havia grades no fim da escada, o que explicava não ter guardas daquele lado.

Permaneceu alguns minutos analisando a situação. Como aquele era o lado escuro, seria mais difícil dela ser vista. Tentou identificar em qual das celas seus companheiros estariam. Devia ser uma daquelas próximas de onde os guardas se concentravam. Observando os guardas, viu que um deles tinha um enorme molho de chaves. Os samurais deviam estar acorrentados, dentro da cela. Todos os dez soldados estavam armados com espadas, embainhadas, mas seria difícil de serem usadas ali devido ao pouco espaço. O corredor das celas era estreito, dois metros não eram adequados para se usar espadas. Portanto eles também deviam ter facas ou adagas. Os guardas estavam confiantes, só se preocupavam com as celas, não esperavam um ataque dentro de um local todo fechado.

Ela testou a resistência das grades. Sem muito esforço, sua força podia amassar algumas barras, o suficiente para que pudesse passar. Não via outro jeito. Como tinha apenas poucas horas antes do raiar do sol, não podia perder tempo. Precisava usar todas as armas que possuía: sua força, sua velocidade, suas adagas e principalmente, o elemento surpresa.

Guardou as adagas para liberar as mãos. Sem barulho, começou a amassar duas barras, afastando uma da outra. Abriu um buraco suficiente para que pudesse passar, meio de lado. Atravessou por dentro das grades, rapidamente, antes que algum guarda visse. Eles estavam de costas para onde ela estava, erro mortal. Não havia necessidade de matar todos. Planejou nocautear os mais próximos, e matar apenas os que estavam mais distantes, evitando qualquer alarme. Sacou as duas adagas, respirou fundo e disparou para o ataque.

Correndo na velocidade impossível de ser vista por humanos, bateu com os cabos das adagas nas cabeças dos quatro primeiros guardas, que imediatamente caíram nocauteados. Mas como o corredor era estreito ela perdeu tempo se desvencilhando deles enquanto caíam, e os demais perceberam que alguma coisa estava acontecendo. Os dois seguintes começaram a se virar para ver o que era, mas não completaram o movimento, pois deram de encontro com duas adagas afiadas atravessando suas gargantas. Os últimos quatro conseguiram se virar e faziam movimentos para sacar suas próprias adagas dos cintos. Ela arremessou as suas no peito dos dois mais distantes, com pontaria mortífera. Fechou as mãos e com o impulso que ainda tinha da corrida se atirou contra o rosto dos dois mais próximos. Quebrou o maxilar do primeiro e nocauteou o segundo. Caiu por cima dos corpos, respirando com alguma dificuldade devido ao excesso de adrenalina. Nenhum deles tinha gritado, mas suas quedas tinham feito barulho. Ela parou por um minuto, controlando sua respiração e ouvindo se mais alguém ia aparecer.

Nada.

Levantou-se, recuperou suas adagas e foi olhar para dentro das celas, tomando cuidado para não pisar nos corpos caídos. O cheiro de sangue já impregnava todo o lugar. Quatro celas estavam ocupadas. Em duas eram prisioneiros comuns, encolhidos de medo e que estavam olhando para ela com olhos esbugalhados, como se estivessem vendo o próprio demônio. Nas outras duas estavam os samurais, um em cada cela. Claramente podia ver que os dois tinham sido torturados, estavam cheios de queimaduras de sol. Estavam muito fracos. Não tinha como saber se já tinham falado.

Lembrou-se que eles haviam sido capturados à tarde, não tiveram muito tempo de sol. Tinha que acreditar que eles haviam resistido, pelo estado em que se encontravam. Então precisava levá-los de volta. Eles precisavam se alimentar para se regenerar. Pegou o molho de chaves de um dos guardas com garganta cortada e tentou abrir as celas. Depois de algumas tentativas abriu a primeira. Não se aproximou do samurai. Se ele tivesse sofrido muito, atacaria qualquer criatura que tivesse sangue fresco, inclusive ela. O cheiro de sangue fresco no local não o deixaria pensar. Com a cela aberta, levantou um dos guardas nocauteados e o atirou para o samurai. Nem fez força. Disse a ele:

— Alimente-se, o mestre está nos esperando.

Fez o mesmo na outra cela. Os dois prisioneiros humanos só tremiam, nem piscavam. Só depois que viu os vampiros alimentados e mais calmos foi que se aproximou para soltar as correntes de cada um. As feridas se curavam rapidamente, graças ao sangue fresco.

Sair do calabouço foi mais fácil do que entrar. Só tiveram que subir as escadas e destrancar a porta, com as chaves que ela carregava, saindo para as sombras. Ela pediu um minuto para os samurais, tivera uma ideia. Entrou novamente e trancou a porta por dentro. Levou as chaves de volta para baixo, jogou-as perto do guarda morto, foi até as grades que tinha amassado e as endireitou novamente. Confundir o inimigo lhe daria mais tempo para fugir. Saiu pela mesma janela por onde tinha entrado antes. Não sabia se havia outra entrada mas achava que deixando a porta fechada os ajudaria a ganhar tempo.

Sempre pelos cantos mais escuros, evitando as patrulhas externas, foram para o lado onde a serva havia sido capturada. Alana esperava encontrar uma saída de serviço. Não demoraram em encontrar uma porta pequena, guardada por um único homem, que só podia ser aberta por dentro. Desta vez foi o general quem nocauteou o sujeito, enquanto corria. Pareceu tão fácil, e ela quase tinha arrancado uma cabeça.... Precisava treinar mais.

Saíram do castelo e numa corrida os três chegaram na floresta, sem serem vistos. Quer dizer, não pelos humanos, pois seus companheiros já estavam esperando para levá-los para casa. Ainda faltavam duas horas para o dia nascer.

O dia seguinte foi um completo pandemônio no castelo. Começou quando os guardas do dia chegaram ao calabouço para substituir a equipe da noite. Por mais que batessem na porta ninguém abria. Não havia outra entrada. Em seguida encontraram o guarda desmaiado junto da porta de serviço. Só acordou quando tomou um balde de água fria no rosto, e jurava que não tinha visto nada.

A porta só foi aberta quando um dos nocauteados dentro do calabouço acordou. Quando o homem se viu numa enorme poça de sangue, com vários companheiros mortos, parece que enlouqueceu: saiu correndo desesperado falando de fantasmas e demônios. Quando os outros entraram, se sentiram no próprio inferno: quatro mortos esfaqueados, dois no peito e dois com a garganta cortada, dois outros sem sangue e com os pescoços quebrados, um outro agonizando com o rosto deformado, dificilmente sobreviveria. Os três restantes quando despertados juraram que não tinham visto nada, que foram atacados por fantasmas. Os vampiros tinham desaparecido, como por mágica. Só os dois prisioneiros não tinham sido atacados, mas também não diziam coisa com coisa: ficavam repetindo que tinham visto um anjo que surgiu do nada e que agia como um demônio.

Tudo estava muito confuso. Só no final da tarde, depois de interrogar todos os guardas em serviço, foi que uma pista surgiu. Os guardas do portão disseram que uma lavadeira voltou para o castelo á noite e fora interrogada pelo oficial da noite. O oficial não pode negar: confirmou que tinha oferecido um prato de sopa para uma serva que tinha desmaiado na floresta. Mas insistia que a jovem não deveria ter nada com aquela história, ainda deveria estar dormindo nos aposentos das servas. Era só procurarem por ela, uma jovem e meiga menina, não devia ter mais de 20 anos. Muito linda e atenciosa.

Somente quando fizeram o relatório para o comandante do castelo foi que tiveram certeza. O comandante estava no cargo há quase quarenta anos. Ele se lembrou de um comunicado que havia recebido há mais de trinta anos, quando ainda era novo no cargo. Dizia para tomarem cuidado com uma jovem e meiga menina, que poderia ser uma informante de vampiros e que poderia estar envolvida com um roubo milionário. Ele ainda tinha o documento nos arquivos.

A descrição conferia até nos detalhes: mesma altura, cabelos, cor da pele, beleza, gentileza. Tudo na aparência era igual, só a idade não batia: aquela menina deveria estar com mais de 50 anos agora. Fez um novo relatório e emitiu um novo alerta geral. Um novo Arquivo-X.

Madame Pin foi promovida a "demônio sanguinário".

Parte 6 — O legado

34 — Almoço no Shopping

Claudius e Alana chegaram uns dez minutos antes do combinado, para conseguir uma mesa onde pudessem conversar mais à vontade. A praça de alimentação do shopping era muito barulhenta, além de sempre ter aquele cheiro insuportável de frango frito. Então optaram por um dos restaurantes laterais que tinham salas reservadas, onde seria bem melhor para conversar.

Da mesa em que estavam, ele podia observar a praça; viu quando Natasha e Virgínia chegaram. Roberto não viera, provavelmente estava trabalhando ainda. Tinha convidado as filhas e o sobrinho para atualizá-los sobre os seus novos planos, principalmente sobre a empresa.

Chamou-as para onde estavam. Alana já tinha sido preparada para um possível clima hostil, ela saberia contornar. Mas ele não sabia como seria o comportamento das meninas, era a primeira vez que as encontrava pessoalmente, depois que saíra de casa.

Apresentou Alana como uma amiga que o estava ajudando na abertura da empresa, como secretária e intérprete. Não podia dizer ainda que estavam morando juntos, a coisa toda era muito recente. Natasha estava retraída, enquanto Virgínia estava mais à vontade, como era seu jeito corriqueiro.

O almoço transcorreu normalmente, sem muita conversa. Não para todos, pois para variar, quem mais falava era Virgínia, sobre seus artistas preferidos, sobre os times de futebol que mais gostava, sobre os amigos da escola, as últimas músicas, as marcas de roupas que estavam na moda... Como seu almoço consistia apenas de batatas fritas com acompanhamentos, ela não deixava folga para ninguém mais conversar...

Alana captou uma oportunidade. Quando o assunto passou para moda, perguntou qual a marca de roupa que ela mais gostava no momento. Imediatamente ganhou a atenção da Virgínia. Quando estavam terminando o almoço, Alana disse que conhecia uma loja no shopping que trabalhava com aquela marca. Convidou-a para ver as novidades que deveriam ter chegado. Convite aceito na hora, mal terminaram de almoçar e estavam indo as duas em busca da tal loja.

Foi a vez de Natasha aproveitar a oportunidade, quando ficou sozinha com o pai:

— Pai, foi por causa dela?

Claudius já esperava a pergunta. Tinha uma resposta pronta:

— Não, Alana é apenas uma amiga que está me ajudando com a empresa. Ela é muito dedicada, eu nem sei como pagar o trabalho dela. Estou pensando em convidá-la para sócia...

— É sobre isto que queria falar com a gente?

— Não exatamente. O assunto é outro. Mas é sobre a empresa. Alana me ajudou muito na última semana. Ela resolveu um monte de assuntos pendentes. Até conseguiu um financiamento adiantado com um banco japonês, uma espécie de programa internacional para empresas embrionárias. Ontem recebi uma transferência de 50 mil dólares na minha conta.

— Pai, isso é legal? Tem certeza que não vai te dar problemas?

— Não tenho nenhum motivo para desconfiar dela. Ela até me mostrou o fax do contrato, mas não entendi uma letra, estava todo em japonês. Ela conhece vários idiomas, incluindo inglês e japonês.

— E onde o senhor precisa da gente, pai? De nós duas e do Roberto?

Outra pergunta esperada. Outra resposta pronta:

— Os americanos que pretendo representar são muito exigentes e desconfiados. Eles não aceitam uma empresa individual. Então estou colocando você e a Virgínia como sócias, talvez a Alana se ela aceitar. É uma garantia para eles, mas na prática significa que se alguma coisa me acontecer, a empresa tem outras pessoas para continuar o trabalho.

— Quer dizer que nós seremos as donas se alguma coisa te acontecer? Mas nós não sabemos nada de empresas...

— Não se preocupe, nada vai me acontecer.

Outra resposta planejada. Continuou:

— Eu sei que vocês não têm nenhuma experiência e sei que eles também vão questionar isto. Então estou incluindo mais uma cláusula: estou nomeando o Roberto como Diretor Executivo na minha ausência, é o meu sucessor.

— Pai, ele é só seu sobrinho, e nem está formado ainda. Só no fim do ano que vem, pelo que fiquei sabendo...

— Ora, isto não é problema. Eu posso nomear quem eu quiser, é só para constar na documentação. E o Roberto é a pessoa mais qualificada que eu conheço. Se algum dia for preciso, ele tem condições de tocar a empresa que será de vocês... Foi por isso que chamei vocês aqui hoje, mas já que ele não pode vir, você pode lhe contar os meus planos?

— Posso, mas por que você mesmo não conta? E outra coisa, já tem um prazo para esta empresa acontecer?

— Tenho pouco tempo e muita coisa para fazer. Na semana que vem, eu e a Alana vamos a Nova Iorque para uma reunião com os gringos. Espero resolver todas as pendências. Também já estamos fechando um conjunto de salas para a instalação. Se tudo der certo, podemos fazer um coquetel de inauguração no dia primeiro de dezembro.

— Pai, torço por você... O Roberto precisa saber mais alguma coisa?

— Sim, depois que voltarmos eu gostaria de conversar com ele, explicar como vai ser a empresa, o que ele deve fazer como Diretor, coisas assim. Para o caso dos gringos o convocarem para alguma entrevista, ele precisa ter uma ideia de como tocar a empresa...

Neste momento Alana e Virgínia estavam voltando. Elas riam e pareciam felizes, como se fossem velhas amigas...

Virgínia, como sempre, foi a primeira a falar:

— Pai, a Alana é dez... Veja a camiseta do São Paulo que ela me deu... É da hora...

E exibia uma camiseta nova, do seu clube favorito.

Ele olhou para Alana, que apenas sorria, sem dizer nada. Mulher maravilhosa. Perguntou:

— Mas vocês não foram ver uma outra loja?

Virgínia tagarelava que foram naquela loja, e depois em outra, mais outra, mais lojas, até que tinham visto a camiseta, que ela quis ver, que Alana tinha ido com ela, que ela não pedira, mas a camiseta era da hora, foi Alana que quis comprar, ela não pedira, mas Alana era dez, ...

A conversa, monopolizada por Virgínia, demorou mais meia hora. Natasha quase não teve chance de comentar que seu namorado estava pensando em noivar e marcar casamento para o final do ano seguinte. Depois que elas foram embora, Claudius perguntou para Alana:

— Agora que você as conheceu, o que achou delas?

— Entendo que você as ame tanto, são suas filhas. Virgínia é fantástica, muito inteligente apesar de falar muito. Não posso opinar sobre Natasha, praticamente não conversamos. Achei que ela não gosta de mim.

— Não é isso, ela desconfia que eu tenha deixado a mãe delas por sua causa. Em parte, é verdade. Ela é muito ligada à mãe...

— Não se preocupe com isso, amor. Eu darei um jeito de ficar amiga dela, como fiquei amiga da Virgínia.... Sei que isso é importante para você, para sua felicidade.

No fundo, nada daquilo importava para Alana. Natasha não precisava gostar dela, em breve viria a ter motivos até para odiá-la. Ela não tinha como saber que no seu casamento, no ano seguinte, nem mesmo teria um pai para acompanhá-la ao altar...

35 — New York

Claudius estava superexcitado. Mal podia acreditar que estava pousando em New York City, no Aeroporto Internacional John F. Kennedy, tendo sua deusa ao lado. Nem parecia que o voo tinha durado dez horas, tempo em que ele permaneceu abraçado com ela no avião. Podia ter durado o dobro. Mesmo que a turbulência fosse pior do que aquela que eles tinham enfrentado enquanto sobrevoavam o estado de Mato Grosso. O avião tinha sacudido como uma carroça numa estrada de terra esburacada. Mas para ele tinha sido um voo perfeito, aquecido pelo corpo de Alana colado ao seu.

E quase não estava acreditando que após os procedimentos da alfândega os dois seguiriam para um hotel, apenas os dois. Longe de todos e de tudo, sem os olhares de censura que ele imaginava ver no Brasil, quando um velho saía com uma menina tão jovem.

Eram seis horas da manhã de um domingo, hora local. A reunião com os gringos estava marcada para a manhã da segunda, portanto sobrava um dia inteiro para ficarem juntos. Maravilha.

Esta era a segunda vez que vinha a New York, pensava que não teria nenhuma dificuldade com a língua desta vez. E estava certo, não teve nenhuma, mas apenas por que Alana dominava completamente a situação. Era incrível a desenvoltura dela, quando chamou o táxi e falou com clareza para onde iam. E na recepção do hotel quando fez o check-in. Ou quando perguntou pelo breakfast e pediu detalhes do cardápio. Parecia que ela tinha feito aquilo a vida toda, estava completamente à vontade.

E o efeito que ela provocava então? Bastava sorrir para que todos corressem para atender aquela jovem e meiga japonesinha, com jeito de executiva, decidida, falando inglês como se fosse uma nativa. Ela podia se passar por uma princesa ou alguém da nobreza que todos acreditariam.

Não sabia qual o efeito que ele mesmo provocava, geralmente era ignorado quando estava junto dela. Mas não se importava com isso, era ele quem tinha o privilégio de a estar acompanhando, e por não ser oriental, não era confundido com um pai.

Por estar tão bem acompanhado, no Brasil ele seria tomado por um coroa milionário, mas estava em New York, parecia nem chamar a atenção.

Depois do breakfast foram arrumar suas bagagens. Como só ficariam três dias, tinham pouca coisa para arrumar: uma mala pequena dele e duas grandes dela, só o básico. Se ele não precisasse trazer um terno, poderia ter vindo apenas com uma mochila nas costas.

Almoçaram no hotel mesmo e nem saíram à tarde, para poder descansar. Os dois estavam ansiosos para o dia seguinte, a reunião de negócios.

Foram dormir, ou melhor, foram se deitar cedo naquele domingo. O clima de New York no final de novembro, já antecipando as baixas temperaturas do inverno, era muito convidativo para um casal apaixonado que adorava ficar se aquecendo e se amando debaixo de cobertas...

36 — LightYear

No dia seguinte chegaram na LightYear Software cerca de vinte minutos antes do horário combinado. Tiveram tempo suficiente para que se identificassem e fossem conduzidos ao quinto andar do prédio na Oitava Avenida, em Manhattan, onde depois de uma saleta de espera, ficava uma bonita sala de reuniões. Tinha uma grande mesa oval de madeira de lei, com dez lugares, e janelas largas com as persianas abertas, bem iluminadas.

Claudius já tinha conversado várias vezes com o diretor geral, Mr. Dave, através da Internet. Mas fora Alana quem tinha marcado a reunião, por telefone. As apresentações foram rápidas. Ele se apresentou como o idealizador de uma empresa brasileira e Alana foi apresentada como sua secretária executiva, possivelmente uma sócia quando a empresa se concretizasse. Além dos dois e de Mr. Dave, que ocupou a cabeceira da mesa oval, também estavam na sala o diretor financeiro, Mr. Jones, sentado à sua esquerda e o diretor de operações da companhia, Mr. Mark, à sua direita. Convidaram Claudius para se sentar ao lado do diretor de operações e Alana ao lado do diretor financeiro. Claudius não gostou do arranjo, preferia ter ficado ao lado dela, mas pelo menos poderia aproveitar para ficar vendo-a de frente, com a mesa entre os dois.

Ela usava um conjunto de casaquinho e saia azul escuros, com blusa branca e poucas joias: apenas uma gargantilha de ouro com um pingente em forma de meia-lua e brincos combinando. Não usava anéis. Um relógio de pulso dourado, pequeno e com pulseira bem fina completava os adereços. Era uma roupa sóbria, de executiva e lhe caía muito bem. Aliás, qualquer coisa que ela usasse lhe cairia bem. Estava com seu próprio laptop, numa pasta de couro, caso precisasse editar algum documento. Tinha todos os documentos necessários ali mesmo e Claudius já tinha dito que qualquer um poderia ser alterado durante a reunião, se precisasse. Ele não queria perder tempo ou ter que fazer outras reuniões.

Mr. Dave abriu a sessão falando sobre a LightYear, sobre seus projetos de expansão, a dificuldade de crescer no mercado americano, a intenção de explorar mercados externos. A proposta de Claudius se encaixava em todos estes quesitos, portanto só faltava avaliar se faltava alguma coisa. Ele falava devagar e Claudius conseguia acompanhar. Quando perguntou como era o mercado brasileiro, se realmente era como haviam visto em suas próprias pesquisas, ele ia responder, mas notou um sinal da Alana pedindo a palavra. Deixou que ela respondesse.

Assim que ela começou a falar, imediatamente roubou todas as atenções. Parecia que falava exatamente o que eles queriam escutar, numa voz calma, porém decidida, firme, agradável de ouvir e sem nenhum vacilo.

Era uma executiva nata, como se estivesse acostumada a participar de reuniões decisivas, mesmo sendo a única mulher entre homens experientes, que só faziam aquilo. Em poucos minutos dominou completamente a reunião.

Tudo parecia correr muito bem, eles perguntavam e ela respondia. Em algum ponto Claudius já nem ouvia mais as perguntas, estava extasiado com a performance dela, só via a beleza da sua deusa, o domínio que ela tinha sobre todos, sua voz... Só acordou do devaneio quando sentiu uma certa tensão na sala.

Era alguma coisa que Mr. Jones, o diretor financeiro tinha dito, ele nem tinha ouvido direito, mas parece que tinha as palavras "financial guarantee" e "thousand dollars". Olhou para Alana, tentando entender, e viu que continuava tranquila.

Ela respondeu que não havia problema enquanto ligava seu laptop. Perguntou por um acesso à Internet ao que Mr. Jones respondeu anotando um número enorme num papel que colocou à sua frente. Também anotou um segundo número, que Claudius não sabia o que era, mas parecia que Alana já esperava.

Claudius estava se sentindo um perfeito idiota: devia prestar atenção na conversa, podia deixar para admirar Alana mais tarde. Agora ficava com cara de interrogação, sem saber o que estava acontecendo. Nem podia ver o que ela fazia no laptop, estando do lado oposto da mesa.

Mas Mr. Jones sentado ao lado dela podia acompanhar tudo e depois de alguns minutos foi a vez dele abrir um enorme sorriso. Virou-se para Mr. Dave e disse uma única palavra:

— Deal.

O negócio estava fechado.

Ficaram mais meia hora discutindo datas, para onde enviariam instruções, coisas assim. Claudius aproveitou para convidá-los para o coquetel de inauguração, que seria feito em São Paulo. Enviaria os convites pelo correio. Em seguida todos se despediram, muito sorridentes. A reunião estava terminada.

Enquanto desciam pelo elevador, Claudius mal podia acreditar que agora tinha os direitos para explorar a marca "LightYear Brasil", que já na semana seguinte receberia o primeiro lote de material de treinamento impresso, com a permissão de traduzir e imprimir mais, e ainda receberia as senhas para acessar todos os programas desenvolvidos pela companhia, com direito de comercializá-los. Tudo pagando uma relativamente pequena percentagem sobre o que recebesse, já que todo o trabalho seria seu.

Era tudo bom demais, não se sentia mais um desempregado inútil, agora era um executivo internacional, graças a ajuda da Alana. Fantástico.

Ao chegarem ao saguão, antes de sair do prédio, ele perguntou:

— O que foi aquilo sobre garantia comercial?

Ela se esquivou:

— Querido, terminamos nossos compromissos oficiais de hoje. Vamos deixar os negócios para outra hora. Parece que você está esquecendo duas coisas mais importantes e mais urgentes...

Ele gelou, já ficando preocupado.

— Que coisas, amor?

— Primeira, nós somos dois brasileiros em New York.

— E a segunda?

— Eu sou mulher. Vamos às compras!

Era impossível esquecer aquilo, perto de alguém que emanava sensualidade por todos os poros. E ele sabia como resolver estas duas questões de vida ou morte. Só precisavam chamar um táxi e seguir para Woodbury, o outlet de Central Valley. Era um enorme shopping de fábrica, com mais de duzentas lojas, quase um local obrigatório para brasileiros. E tinha outra vantagem: ficava a mais de uma hora dali, significando outra hora inteirinha para ficar abraçado com a deusa...

Eles concordavam com a expressão "We love New York"...

Depois com mais calma perguntaria como ela tinha aprendido a dominar reuniões assim com tanta maestria.

37 — As instalações

Voltaram ao Brasil na quarta-feira da mesma semana. Mesmo que quisessem não podiam se dar ao luxo de ficar fazendo turismo. Alana tinha compromissos com fornecedores da floricultura e Claudius tinha urgência para inaugurar sua LightYear Brasil.

A primeira providência depois da volta foi fechar o contrato de aluguel das salas. Um conjunto com quatro salas na região nobre da zona sul de São Paulo. Duas seriam usadas como salas de aula, uma como sala de reuniões e a quarta como escritório.

A segunda providência foram os contratos de publicidade, com os jornais e revistas especializadas. Claudius sabia que precisava de divulgação se quisesse recuperar o que estava gastando: suas economias e o dinheiro dos japoneses. O coquetel a seguir seria chave para isto, era a terceira providência.

Alana o ajudava em tudo o que podia, como uma verdadeira secretária. Ele sabia que não teria conseguido fazer tudo aquilo, em tão pouco tempo, sem a ajuda dela.

O que ele não sabia era que ela também estava impressionada.

Alana não entendia como era possível trabalhar tanto, se dedicar para construir algo que não ia desfrutar, apenas para deixar um legado para as filhas. Se tudo o que estava planejado desse certo, elas não precisariam mais trabalhar, teriam o futuro garantido. E Claudius fazia tudo sem esquecer dela, Alana. O dia era para o trabalho, a noite lhe pertencia. Ele recarregava todas as energias gastas quando estava nos braços dela, e ambos gostavam disso.

Trabalhar com ele ajudava a manter sua mente ocupada e distraía da sede que aumentava cada vez mais. Tentava não pensar na sede: em mais um mês se alimentaria, a data estava se aproximando.

Se pegou imaginando como seria depois do natal, depois que tudo estivesse terminado, como ela voltaria para sua rotina? Do que é que sentiria mais falta?

38 — O coquetel

Finalmente o dia primeiro de dezembro chegou, ou melhor, chegou a noite esperada. Claudius estava ansioso e quase eufórico. Era a data mais importante da sua vida até agora, o dia da inauguração da

LightYear Brasil. Mais importante do que isto, só se fosse o dia do seu casamento com Alana.

Estivera bem ativo: tinha alugado o Salão de Convenções do prédio onde ficava o seu conjunto de salas, tinha contratado um serviço de buffet que incluía bebidas, tinha distribuído convites nominais para empresários e pessoas influentes da área, incluindo alguns jornalistas e fotógrafos e tinha contratado dois seguranças particulares.

Alana questionou o porquê da necessidade de seguranças. Esperava alguma ameaça numa reunião de negócios?

Foi complicado para ele explicar que não confiava na moral de alguns executivos. Alguns se julgavam acima dos outros, por terem dinheiro ou por serem influentes, e não tinham escrúpulos quando se interessavam por alguma coisa. Alana quase sem perceber se lembrou do seu antigo mestre.

Claudius não quis dizer diretamente, mas no caso o objeto de interesse que ele queria proteger eram Alana e Natasha. Quando as viu no salão ele teve certeza de que seus receios não eram infundados.

Alana vestia um conjunto de saia e colete cinza chumbo, sobre uma blusa leve verde abacate, abotoada na frente, com mangas até o meio dos braços. Usava botas cinzas no mesmo tom do conjunto, que chegavam quase nos joelhos. Os saltos eram altos. Seus cabelos longos e pretos estavam presos e enfeitados por uma fita verde no alto da cabeça, combinando com a blusa. A maquiagem era leve, destacando seus traços orientais. Os brincos, gargantilha e pulseira de ouro, com pingentes de esmeraldas, completavam o espetáculo.

Natasha usava um vestido longo azul celeste de alças, combinando com o sapato baixo na mesma cor. Tinha feito um penteado prendendo os cabelos castanhos atrás da cabeça, deixando o pescoço e ombros à mostra. Também usava uma corrente de ouro no pescoço, uma pulseira e brincos combinando, todos com pingentes de turmalina, para combinar com a roupa. Nos olhos e lábios, maquiagem colorida, num tom um pouco mais claro do que a roupa, combinando tudo.

Ambas exibiam o esplendor da juventude, pouco mais de vinte anos cada uma. As outras convidadas presentes eram ofuscadas por tanta vitalidade e beleza.

Por ser um sábado, parecia que todos os que foram convidados tinham comparecido. Havia cerca de cinquenta convidados no geral, e apenas quatro anfitriões: ele, Alana, Natasha e seu sobrinho Roberto. Virgínia, apesar de sócia na empresa, ainda era criança e foi poupada daquele evento.

Haviam instalado quatro computadores nos quatro cantos da sala, rodando os novos programas da companhia, para demonstração. No centro do salão tinham colocado mesas baixas e sofás para acomodar quem quisesse se sentar. Nas mesas estavam os panfletos anunciando os programas e o projeto educacional, destacando os pacotes empresariais.

Conforme Claudius previra, Alana e Natasha eram o centro das atenções: onde qualquer uma estava, logo se formava um círculo em volta delas, predominantemente masculino. Ele havia insistido com as duas, antes do evento começar, para que só conversassem assuntos de trabalho, evitando qualquer assunto pessoal. Tinha certeza de que elas seriam muito assediadas.

Não se tratava de desconfiar delas, eram ambas adultas e sabiam se cuidar, mas seria terrível para a empresa, se no dia da sua inauguração ele tivesse que pôr algum convidado mais afoito e irresponsável para fora. E era exatamente o que faria se fosse necessário, afinal precisava proteger sua noiva e sua filha.

Quando percebia alguma atitude mais insistente por parte de algum folgado, ele partia imediatamente em socorro de Alana, trazendo de volta o assunto para o terreno profissional. Roberto, que praticamente fora criado junto com a prima, agia da mesma forma socorrendo Natasha.

Os demais convidados, os sérios e responsáveis, conversavam entre si. Claudius tinha planejado uma estratégia para aproximar seus convidados: para cada um tinha mandado confeccionar uma pequena placa acrílica, com uma corrente para ser usada pendurada ao pescoço. Na placa constava o primeiro nome do seu portador sobre o nome da empresa que representava, em um fundo com as cores que indicava sua nacionalidade. Nada mais, nem títulos, nem cargos, nada.

Assim, embora fosse um evento formal, criava um clima em que as pessoas não se sentiam intimidadas para conversar entre si: cada um via o primeiro nome e de onde era seu interlocutor. Funcionou com as pessoas sérias, mas alguns eram reticentes em usar as plaquinhas, como se não quisessem se expor ou tivessem alguma coisa a esconder. Ficou fácil identificar os não confiáveis.

Os fotógrafos capturaram imagens de todos os convidados nos vários grupos que se formaram. Na semana seguinte à divulgação do evento estaria em toda a imprensa especializada, incluindo diversas publicações americanas.

O encontro foi planejado para durar das 19 às 23 horas. Faltando quarenta minutos para o término, Claudius ordenou ao buffet que parasse de servir bebidas. Era uma forma de avisar que havia um horário a ser cumprido.

Dez minutos depois, ele pediu a Alana e Natasha que se retirassem discretamente, para as salas que eram da empresa. Não deviam se despedir de ninguém, para evitar problemas. Aos seguranças ordenou que não deixassem ninguém as seguir quando elas saíssem.

Sem a presença das duas o salão perdeu o encanto. Percebeu que alguns convidados ficaram frustrados. Dois mais afoitos vieram lhe perguntar onde elas estavam. Respondeu simplesmente que já tinham ido embora. Ficou até feliz com a expressão de decepção no rosto deles: se queriam companhia para a noite que fossem procurar em qualquer outro lugar.

A última meia hora foi apenas para as despedidas. Todos saíam agradecendo a recepção e desejando boa sorte para a empresa. Roberto e Claudius recebiam os cumprimentos e também agradeciam. Depois do último convidado eles desligaram tudo e subiram para encontrar as garotas. As duas estavam sentadas no sofá da sala de reuniões, descalças e conversando animadamente. Já eram amigas. Depois de se atualizarem sobre a última meia hora, sem nada digno de registros, eles decidiram que era hora de ir para casa. Todos estavam cansados e decidiram adiar seu jantar de comemoração para outra noite. Claudius levaria Alana, que eles ainda pensavam ser apenas uma secretária, e Roberto se ofereceu para levar a prima até em casa.

Fecharam tudo e desceram juntos para o estacionamento, no subsolo. Alana disse que desceria descalça, não queria ter que calçar as botas de novo. O carro de Claudius estava perto do elevador, o de Roberto estava mais ao fundo numa parte mais escura. Se despediram junto do carro de Claudius.

Este estava abrindo sua porta quando pensou sentir uma corrente de ar. Estranhou, pois no subsolo não deveria ventar. Devia estar com sono. Fechou e esfregou os olhos, mas voltou a abri-los quando pensou ter ouvido um barulho no fim do estacionamento, para onde Roberto e Natasha tinham seguido. Olhou na direção deles e ainda viu sua filha arrumando o cabelo, que parecia ter se soltado. Será que ela também tinha sentido o vento? Alana estava do outro lado do seu carro, aparentemente desamassando alguma coisa em sua roupa. Esperou até que Roberto e Natasha manobrassem e passassem por eles, depois entrou e ligou o carro. Alana já estava sentada.

Que bom que tudo correu bem, foi uma noite tranquila. Agora só faltava colher os resultados.

Alana não disse nada, estava terminando de controlar sua respiração. Ela ainda tinha o hábito desenvolvido numa época em que se escondia em florestas, de sempre observar em volta e à distância. Assim que saiu do elevador, seus olhos treinados tinham visto a sombra do sujeito escondido no fim do estacionamento, na direção para onde Roberto e Natasha seguiam. Não podia ser boa coisa.

Enquanto Claudius pegava a chave do carro, como já estava descalça, ela só precisou levantar a saia para liberar o movimento de suas pernas. Usou sua velocidade para correr até onde tinha visto a sombra, sem que ninguém percebesse. Era mais rápida do que olhos humanos podiam ver. Precisou passar ao lado de Claudius, mas ele nem percebeu.

O indivíduo estava abaixado atrás de outro carro, ao lado do de Roberto, armado com uma pequena faca. Ainda bem que não era nenhum dos convidados.

Ele nem viu de onde veio o soco, um cruzado de esquerda que ela mandou direto em seu queixo, com força, fazendo com que caísse de costas nocauteado. Sem parar e sem perder impulso ela voltou para o carro de Claudius, desta vez passando ao lado de Natasha. O deslocamento de ar que provocava desmanchou uma mecha no cabelo dela. Estava arrumando sua saia quando Claudius terminou de abrir o carro. Talvez algum funcionário do prédio encontrasse o sujeito desmaiado e chamasse a polícia, ou, o que era mais provável, que ele acordasse mais tarde e fugisse do local, pensando que era assombrado. De qualquer forma não precisava se preocupar com isso.

Enquanto ela estivesse por perto, embora fosse só por mais uns poucos dias, nenhum deles precisaria de seguranças. Ninguém atrapalharia seus planos.

Gostou de ver que ainda estava em forma, para nocautear alguém durante uma corrida. Naquele estacionamento era fácil, o terreno era plano. Quando ela caçara na Alemanha tinha sido bem mais difícil, com todos aqueles obstáculos.

Parte 7 — A nobreza europeia

39 — Shogun

O Mestre Shogun sabia que a época de mudanças chegou. Tinha consciência que precisava se manter sempre bem informado, e sempre um passo à frente de seus inimigos se quisesse se manter seguro. Sua rede de informantes tinha lhe trazido informações preocupantes nos últimos tempos.

Estavam em 1880 e o Xogunato tinha terminado; uma nova tendência governava o Japão sob o comando direto do novo Imperador Meiji. A entrada de estrangeiros estava sendo facilitada, trazendo uma nova cultura. A consequência direta era que traziam também novas armas e novas técnicas de luta, incluindo mais objetos sagrados para serem usados contra vampiros. Ficou evidente que os europeus estavam mais avançados em técnicas de combate a criaturas da noite. Isso era mau.

Era urgente aprender mais sobre os inimigos. Já ordenara a captura de alguns estrangeiros, tinha mesmo transformado dois para seus serviços. Seus generais estavam estudando a língua deles. Ele mesmo também aprenderia. Todos os vampiros tinham a capacidade de aprender rápido e tinham boa memória, graças ao seu sangue regenerador. Mas a maioria era preguiçosa, não havia interesse em aprendizado. Alguns se destacavam. Estes eram aproveitados como generais ou outras posições importantes.

Também notou o destaque da sua noivinha mais bonita, que era inteligente, esforçada e dedicada. Se fosse homem podia se tornar num poderoso e perigoso general. Agora, era apenas uma noiva valiosa. Sua primeira missão entre os Caçadores tinha sido um sucesso total. Ela tinha permanecido dois anos entre eles, sem ser descoberta, tinha lhe fornecido informações importantes e vitais, e ainda tinha recuperado o ouro que ele havia enviado. Muito bom trabalho. A segunda missão também foi excelente, quando resgatou o general e o batedor em poucas horas. Podia facilmente atuar em outras missões.

Isto fez seu pensamento retornar para o momento. Seu problema mais imediato agora era o crescimento do movimento dos Caçadores, sob a influência estrangeira e as consequências implícitas. Os inimigos estavam monitorando as regiões onde ocorriam mais desaparecimentos e mortes de camponeses, a procura de sinais de criaturas da noite. Isso exigia mais cuidado dos seus soldados que eram obrigados a se deslocar para mais longe, abrangendo uma região maior, para capturar seu alimento. O mesmo problema atingia os lobisomens que também estavam expandindo seus territórios. O mundo estava ficando menor e mais perigoso.

Tinha conhecimento de que outros vampiros viviam como nômades, sem se fixar num único local, pois julgavam que assim era mais seguro. Não eram como ele, que tinha permanecido muito tempo num mesmo lugar, assumindo os riscos e sabendo que era perigoso. Os riscos eram conhecidos. Podiam ser atacados a qualquer momento, por lobisomens ou por Caçadores, e em qualquer caso a batalha seria sangrenta, com muitas baixas para todos os lados. Seu pequeno palácio, construído basicamente de madeira e papel de arroz não oferecia a devida proteção.

Através dos informantes tinha ouvido maravilhas de terras distantes. Sabia da existência de castelos, grandes construções feitas de pedras, fáceis de defender de inimigos e um perfeito esconderijo para quem evitava o sol. Tinha ouvido dos constantes conflitos por terras, das frequentes batalhas entre senhores, já que eles não tinham um governante único, como acontecia no Japão. Aquele regime que eles adotavam podia ser uma fonte inesgotável de sangue e riquezas. Riquezas significavam poder.

Prisioneiros de batalhas seriam uma fonte de alimento difícil de monitorar. Em tempos de paz, podia recorrer aos traficantes de escravos, evitando consumir os camponeses locais e chamar a atenção.

Tudo indicava que deixar o Japão poderia ser uma boa mudança de ares. Só precisava definir a melhor estratégia. Em breve todos os seus vassalos estariam a caminho da Europa.

40 — O imenso cemitério

Desde que voltara de sua primeira missão, ou melhor, desde que fora trazida de volta ao palácio, Alana estava inconformada. Ela sabia que suas duas missões tinham sido um sucesso, mas isto parecia nada importar: estava de volta ao aposento, escravizada de novo, tratada como apenas mais uma... serva.

Nos dois anos que estivera entre os inimigos tinha sido tratada com respeito e atenção, recebera um tratamento muito melhor do que tinha agora no local onde considerava ser sua casa. Nestas condições foi inevitável não pensar em fugir dali, tentar viver de um jeito diferente em outro lugar, agora que sabia ser possível levar uma vida quase normal entre humanos. A segunda missão foi um trabalho de poucas horas, não mudava esta percepção.

Mas não podia fugir. Seu mestre jamais abriria mão de uma de suas propriedades, como ele as considerava. Então com certeza ela seria caçada pelos batedores, até ser capturada e trazida de volta, para ser castigada ou morta. E também precisaria evitar os Caçadores, que a esta altura também a estariam caçando ferozmente. Precisava traçar uma estratégia de fuga muito boa, para que não se tornasse apenas um suicídio.

Seus planos foram interrompidos abruptamente, com a decisão do mestre de deixar o Japão. Ficara sabendo disto através do samurai com quem estava se relacionando secretamente. O mestre nunca contava detalhes do que pretendia fazer para ninguém, mas ela começou a juntar trechos de conversas e aos poucos começou a entender o que ele planejava. Pelo menos a visão geral.

Ele estava negociando com traficantes de escravos, através dos seus informantes. Pretendia enviar um grupo de jovens escravas para serem vendidas na Itália, protegidas por uma tropa de guerreiros. Deduziu que a viagem seria toda por mar, não apenas a saída do Japão. Também deduziu que as escravas seriam elas, as noivas. Usar os traficantes era uma estratégia muito boa, pois teriam que viajar preferencialmente à noite, evitando outros barcos. Também entendeu que os escravos do palácio e os prisioneiros não seriam levados. Isto também era óbvio, eles só atrasariam a viagem. Sem humanos e sem cavalos os vampiros podiam cobrir grandes distâncias, apenas correndo á noite. Podiam caçar e se alimentar pelo caminho. Talvez a viagem não fosse completamente por mar.

Teve certeza de que o mestre tinha completado as negociações quando ele anunciou a mudança, primeiro para os samurais secretamente. Ele deu as ordens de como seria a operação, o que cada general, cada batedor e cada guerreiro precisavam fazer. As noivas foram informadas em seguida, mas sem detalhes. Apenas anunciou que estavam se mudando, que fariam uma longa viagem por mar. Elas deviam arrumar todas as suas coisas: roupas, joias, tudo o que pudesse ser transportado por carroças na noite seguinte. Duas noites depois elas mesmas deveriam partir a pé, divididas em dois grupos e acompanhadas por um pequeno número de samurais. Deviam estar prontas e alimentadas.

Não houve nenhum comunicado para os escravos e muito menos para os prisioneiros.

Na noite seguinte partiram quatro carroças formando uma caravana, levando todos os seus bens, inclusive os tesouros do mestre e um estoque de sangue engarrafado. Eram levadas por dois escravos em cada uma, que deviam se revezar na boleia, e eram escoltadas por oito samurais a pé. A viagem demoraria dois dias até chegar ao seu destino, o porto de Nagasaki, viajando noite e dia. Durante o período de sol os samurais se protegeriam dentro das carroças atentos a qualquer coisa. Tinham ordens de matar qualquer um que atrapalhasse, inclusive os escravos se fosse necessário. O mestre deixou isto bem claro para todos os 16 integrantes da caravana, antes da partida.

Na segunda noite foi a vez das noivas e dos samurais restantes. Dois grupos compostos de seis noivas e seis samurais cada, sendo um general, dois batedores e três guerreiros. O próprio mestre seria um membro a mais no primeiro grupo. Os batedores já tinham mapas do caminho que fariam. Todos, inclusive as noivas, estavam vestidos em trajes de montar escuros, embora não precisassem de cavalos. Era para deixar os movimentos das pernas livres, permitindo correr em alta velocidade durante a noite.

O mestre e os generais tinham planejado dois grupos por dois motivos: grupos pequenos podiam seguir em trilhas menores, mais rápidas. Indo por caminhos diferentes seria ainda mais seguro. Segundo, não queriam assustar os traficantes chegando com uma multidão. O primeiro grupo podia dominá-los muito mais facilmente antes da chegada do segundo e das carroças, caso houvesse algum imprevisto.

Alana estava na primeira turma, teria que correr ao lado do mestre. Não era um bom momento para fugir e na verdade estava ansiosa pela novidade: conhecer uma terra nova e novas culturas. Nunca tinha visto o mar, só tinha ouvido que era como um enorme rio, que não dava para ver a outra margem.

Partiram tão logo escureceu. A segunda turma sairia uma hora depois. Sem despedidas e sem olhar para trás. Apenas alguns dos escravos restantes perceberam, mas sem entender nada. Devia ser algum treinamento novo, imaginaram que os vampiros estariam de volta antes do amanhecer.

Foi até fácil correr pela noite toda, já que os batedores seguiam à frente e estavam bem treinados. Eles conheciam as trilhas através da floresta, as que tinham o terreno mais regular. A temperatura estava agradável e não chovia. Seguiram em fila indiana, cerca de dois metros um do outro. Os batedores na frente, seguidos pelo mestre e pelo general, depois as noivas, e por último os guerreiros. Apesar de ser uma noite sem lua, seus olhos logo se acostumaram com a escuridão, todos podiam ver o caminho sem dificuldade.

As noivas tinham sido dispostas por ordem de altura. Como ela era a menor, corria na frente seguindo o general, embora a diferença total entre todas as noivas fosse apenas de poucos centímetros. Podia ver a habilidade do general, do mestre e dos batedores para achar o melhor caminho, observar bem longe se havia algum perigo, parar sem fazer barulho quando viam ou pressentiam alguma coisa suspeita, e retomar a corrida quando era seguro. Em algumas destas paradas bruscas quase foi atropelada pelas outras noivas desatentas, mas como estava prestando atenção, conseguiu se desviar a tempo. Tiveram sorte que eram falsos perigos, apenas animais no caminho, mas viu que o mestre estava irritado com as desatentas: se estivessem no palácio iriam direto para o castigo.

Quando chegaram ao porto faltava uma hora para o sol raiar. O segundo grupo também já estava chegando, sabiam que precisavam estar protegidos quando o sol aparecesse. E a proteção planejada era o navio, chamado "Madona Dourada".

Em poucos minutos os batedores o encontraram: um enorme veleiro de três mastros, bandeira italiana. Todos tiveram que tomar muito cuidado para não serem vistos, já que o porto era bastante movimentado, principalmente próximo da alvorada.

O mestre e o general rapidamente fizeram os últimos acertos com o capitão do navio, um italiano de quarenta anos chamado Jacques Donatello. O acordo foi para que as escravas fossem rapidamente embarcadas sem chamar a atenção. Informaram que um segundo lote estava chegando e deveriam estar todos no navio antes do sol nascer. O Capitão Donatello entendia muito bem disto, não seria problema. Não disse isso, mas era um traficante há muitos anos. Foi mais eficiente ainda quando recebeu metade do seu pagamento em ouro, que o mestre havia trazido consigo. A segunda metade foi prometida para quando as doze escravas estivessem vendidas, negócio de praxe.

Estavam embarcando quando o segundo grupo chegou, também discretamente.

Todos os vampiros estranharam de imediato o balanço do barco, nunca tinham andado em algo que não se apoiava no chão. Principalmente quando o apoio era água corrente, evitada por qualquer vampiro. As noivas ficaram enjoadas por algumas horas, até que seus corpos se regeneraram e o mal-estar passou. Elas tinham vindo bem alimentadas.

Só houve um incidente durante o embarque. A tripulação do navio era composta por oito marinheiros além do capitão. Todos acostumados a tratar com escravos do seu próprio jeito, ou seja, com chicotes e grilhões. Logo de imediato nenhum deles entendeu porque aquelas escravas não estavam acorrentadas, como seria o normal. Quando uma delas, a Miyasaka, ainda enjoada, tropeçou e caiu de joelhos a caminho do porão, um marinheiro instintivamente levantou seu chicote preparando o golpe para forçá-la a se levantar. Um dos guardas que estava próximo quase instantaneamente apareceu ao lado do marinheiro, segurando seu braço, com força. Podia facilmente tê-lo quebrado ou arrancado, mas as ordens do mestre eram para não matar ninguém no navio, sem ordens expressas. O marinheiro, apesar de forte, não conseguiu se desvencilhar. Um dos generais viu o que estava acontecendo, e por ser um dos poucos que haviam treinado a língua dos marinheiros, foi quem falou:

— Ninguém deve danificar a mercadoria!

E deu outra ordem em japonês, para que seu guerreiro soltasse o marinheiro.

O guerreiro soltou o braço, sem se importar com o olhar de ódio que recebia do marinheiro e não houve mais problemas durante o embarque.

Quando o sol nasceu todos os vampiros estavam protegidos dentro do escuro porão do navio. O cheiro do lugar era horrível, herança dos muitos escravos em péssimas condições que tinham passado por ali. Apenas o mestre e os dois generais estavam em aposentos melhores, em outro pavimento acima.

O porão era dividido em compartimentos para cargas diferentes, incluindo diferentes escravos, conforme seu valor e finalidade. Além das noivas e dos seus "guardas" também haviam outros escravos, cerca de uma dúzia acorrentados em outro compartimento. O capitão queria mesmo aproveitar a viagem. Foi bom para os vampiros, que os outros escravos não estivessem misturados.

A partida estava marcada para assim que as carroças chegassem. Estavam atrasadas, o programado era para chegarem antes do sol raiar. O capitão já estava ficando impaciente, não queria perder a maré. O mestre também. Se não fosse dia, ele mesmo teria saído para encontrar as carroças.

Eram nove horas da manhã quando chegaram. Tiveram problemas com patrulhas no caminho. Duas baixas, escravos. Todas as patrulhas atacantes tinham sido mortas. Os seis escravos restantes poderiam trazer a bagagem a bordo, mas seria um problema para os samurais, pois o sol já estava alto.

O primeiro escravo a embarcar foi levado à presença do mestre para apresentar seu relatório. Quando voltou às carroças levava novas ordens: os samurais deviam se esconder nas maiores caixas que haviam nas carroças, algumas tinham o tamanho de caixões. Podiam esvaziar algumas se fosse necessário ou mudar a carga para outras menores. Principalmente as que continham apenas roupas. O mestre daria um jeito para que fossem trazidos em segurança para dentro do navio. Precisavam ser rápidos.

Em seguida, ele chamou pelo capitão. Informou que as carroças continham uma carga muito valiosa, mas que não poderia revelar o que era nem sua origem. Por isso mesmo seus homens não podiam ser vistos no porto, em hipótese alguma. Pagaria com o dobro do combinado, em ouro, se o capitão fornecesse marinheiros para trazer a carga para bordo. Claro que o capitão Donatello aceitou. Pelo triplo, não podia perder aquela oportunidade. Achou mesmo que podia ter pedido mais, quando viu seus homens trazendo oito pesados caixões além de várias outras arcas menores. Aquele que chamavam por mestre devia ser mesmo muito rico e devia estar num negócio muito lucrativo. Ele descobriria durante a viagem.

O navio zarpou duas horas depois, ainda com maré favorável, embora estivesse quase no limite. Toda a bagagem tinha sido levada para o porão. Os batedores tinham farejado seus companheiros e os libertaram dos caixões. Agora estavam escondidos, pois ainda não era hora de se revelarem. Também encontraram os baús com o sangue engarrafado que trouxeram. As garrafas estavam bem acondicionadas, nenhuma se quebrara. Podiam se alimentar sem matar ninguém por algum tempo.

Logo nos primeiros dias de viagem, o mestre conseguiu permissão para que suas escravas se exercitassem no convés do navio. Ele havia dito que elas conseguiriam mais valor na venda se estivessem saudáveis e bonitas. E não tinham como fugir em alto mar, mas assim mesmo seriam vigiadas pelos seus homens. O capitão não pode recusar, depois que observou melhor as meninas. Eram realmente muito bonitas e ele sabia que podiam obter um alto valor no mercado de escravos. Talvez até aceitasse uma como parte do pagamento que ia receber. Só objetou quanto aos demais navios que podiam cruzar seu caminho. Para evitar problemas deixaria que elas frequentassem o convés, mas apenas á noite.

Era tudo o que elas queriam.

Foi assim que Alana viu o mar aberto pela primeira vez, na quinta noite depois da partida. No primeiro momento ela ficou pasma com toda aquela quantidade de água a perder de vista, sem margem para lado nenhum. Ficou arrepiada quando imaginou a profundidade que aquilo teria. E imediatamente descobriu que não gostava do mar: a deixava melancólica, triste, fazia sentir-se insignificante diante de tanta grandeza. Só via uma coisa boa naquele mar: era perfeito para esconder corpos, podia ser um imenso cemitério.

Para afastar a tristeza que o oceano provocava, ela precisava de alguma atividade. Como já havia convivido com humanos, decidiu que tentaria uma aproximação com os disponíveis: marinheiros e escravos. Logo descobriu que os dois grupos vinham de diversos lugares diferentes, conheciam muitas culturas. Sabia ser amável e simpática, tinha aprendido com os servos dos caçadores. Não tardou e estava aprendendo línguas estrangeiras, algumas a mais do que os generais. Os que sabiam japonês ajudavam com mais alguma língua que por sua vez era conhecida por outro e assim por diante. Tinha tempo, paciência e capacidade. E era amável, não estava na hora de se alimentar.

O primeiro mês de viagem transcorreu normalmente, sem nada digno de registro. Assim que entraram no segundo, os problemas começaram: tempestades chacoalharam o navio durante toda a quinta semana e assustavam a todos, vampiros e escravos. Os marinheiros não faziam comentários.

O clima apavorante fez com que o consumo de sangue dos vampiros aumentasse e seu estoque estava no fim. Escravos começaram a desaparecer inexplicavelmente.

No início da sexta semana o capitão pediu ajuda ao mestre para ajudar a esclarecer o desaparecimento de escravos. Por que nenhuma das suas havia desaparecido?

O mestre também já estava muito irritado, com as tempestades e com aquele capitão petulante. Decidiu que era hora de mostrar quem mandava. Convocou o capitão e todos os marinheiros para uma reunião no convés naquela mesma noite; onde poderiam esclarecer todos os problemas. Secretamente, mandou convocar seus samurais, e passou as últimas instruções, destacando que eles só deviam aparecer quando ele ordenasse.

Depois do pôr do sol todos os oito marinheiros se juntaram no convés principal, perto do mastro maior. A noite estava tranquila, mar calmo novamente. Podiam até mesmo liberar o vigia e o timoneiro por meia hora, que também estavam presentes, já que estavam em alto mar e não havia sinal de nenhum outro barco em milhas de distância.

O capitão Donatello informou que convocou a todos porque seu hóspede tinha informações que queria compartilhar com eles, sobre os desaparecimentos e resolveria a questão. Passou a palavra para Shogun, o homem que nunca sorria:

— Senhores, eu quero apenas agradecer pela sua ajuda nesta viagem e informá-los que nas próximas três semanas terão um novo comandante: eu!

O capitão não acreditava no que estava ouvindo:

— Como é que é? EU sou o capitão, sou EU quem comanda...

Shogun continuou:

— Sobre os escravos desaparecidos, quero dizer que eles forneceram seu sangue para alimentar meus homens. Os de vocês que não aceitarem meu comando seguirão o mesmo caminho...

Um dos marinheiros se manifestou, devia ser o imediato:

— Isto é algum tipo de motim? Saiba o senhor que temos experiência em motins, e que somos nove. Seus homens mais o senhor também são nove e numa relação de um para um os senhores não tem nenhuma chance...

O mestre não era de muita paciência, mas se divertiu com o argumento, sem sorrir. Apenas um dos seus homens seria suficiente para acabar com aqueles nove, mas eles não sabiam que ele tinha mais oito, os que embarcaram nos caixões. E ninguém contava, nem ele, com seus 6 escravos que tinham trazido as carroças.

Respondeu ao marinheiro, enquanto fazia um aceno:

— Tem certeza?

No segundo seguinte todos os seus 16 samurais se materializaram ao lado dos marinheiros, dois para cada um. Os marinheiros ficaram petrificados, o pavor deles era palpável. De onde e como tinham surgido tantos homens?

Só o capitão estava sozinho, ao lado do mestre. Também estava paralisado, quando o mestre continuou falando:

— Um de vocês me irritou, eu soube que ameaçou uma de minhas noivas com um chicote, na manhã em que embarcamos. Quero que vejam o que acontece com quem me irrita.

— Noivas?

Foi o pensamento geral entre os marinheiros.

Fez um sinal para o guerreiro que havia segurado o braço com o chicote, que já estava ao lado do marinheiro ofensor. O guerreiro deu um empurrão no marinheiro, que foi atirado bem no meio dos demais traficantes. Em seguida se atirou contra ele, dilacerando o pescoço com suas presas e bebendo o sangue quente enquanto jorrava. Dois dos marinheiros desmaiaram, um outro começou a vomitar ali mesmo, e todos os outros viraram seus rostos.

O mestre ordenou, elevando a voz:

— Olhem!

Seus samurais viraram as cabeças dos que tinham desviado o olhar e eles viram quando o guerreiro terminou seu banquete, quebrou o pescoço do morto com toda a facilidade, deu até para ouvir o barulho dos ossos se partindo, depois pegou o corpo pelos braços e sem fazer força o arremessou para o mar, por sobre a amurada distante mais de dez metros. Então era assim que os escravos desapareciam. O guerreiro voltou para o lado do seu companheiro, ainda limpando a boca na própria camisa.

Shogun perguntou:

— Algum protesto?

Como ninguém falou nada, ele completou:

— Então terminamos a cerimônia da troca de comando. Temos mais três semanas pela frente, voltem aos seus afazeres.

Ninguém se mexeu.

Ele ordenou aos seus generais para que arrumassem alojamentos melhores para seus homens e suas noivas e que levassem o capitão e os desmaiados para o porão, para serem trancafiados. Ainda poderiam ser úteis.

Quando os samurais começaram a se movimentar, os marinheiros lentamente começaram a sair do torpor. Ainda estavam em estado de choque.

O resto da viagem prosseguiu calmamente, embora a maioria das atividades passasse a ser noturna. Os escravos restantes foram drenados e seu sangue engarrafado para o trecho final. Seus corpos foram atirados ao mar, e agora o navio era acompanhado por enormes peixes, que gostavam de devorar aqueles corpos. Os marinheiros informaram que se chamavam tubarões. Um cometeu o erro de falar que eles preferiam corpos com sangue. Shogun quis ver para crer e atirou o marinheiro vivo para os tubarões. Gostou de ver quando o mar se tingiu de vermelho, era visível até na luz da lua, e deixou os tubarões enlouquecidos. Era verdade, aqueles belos peixes tinham alguma afinidade com vampiros.

Para os outros marinheiros que estavam perto ele disse que sempre recompensava seus vassalos mais fiéis. Naquele momento, estava claro que se referia aos tubarões.

Alana ouvira o comentário. Ficou imaginando qual seria a sua recompensa, se teria alguma. Estavam chegando à Itália, logo ela descobriria.

41 — Noboiushi

Havia vários meses que o General Noboiushi aguardava quase ansioso pelo reencontro com o mestre.

Desde que saíra do palácio, quase um século antes, tinha se tornado um nômade, um viajante permanente sem morada fixa. Não podia reclamar, estava cumprindo ordens, uma última tentativa de recuperar sua honra perdida numa distante noite quando tinha sido capturado e transformado em vampiro.

Não importava que a ordem tivesse sido emitida quase cem anos antes, ainda se lembrava de cada palavra e dos sábios conselhos que recebera. O principal era que para sobreviver precisava ser invisível, tinha que evitar ao máximo chamar a atenção, de quem quer que fosse.

E as ordens tinham sido claras: obter o máximo de informações do mundo externo, o que acontecia nos locais distantes, o que poderia ser útil à sobrevivência dos vampiros, onde estariam mais seguros e quais eram os perigos que poderiam interferir em sua existência.

No início não tinha entendido o objetivo daquilo, mas depois que partiu e começou a observar o mundo exterior, compreendeu que a preocupação era justificada e tinha fundamento. Mais uma prova da capacidade do mestre.

Quando partiu rumo ao porto de Nagasaki para descobrir o mundo não tinha nenhuma noção do que ia encontrar, nem quais seriam as dificuldades. Levava algum ouro fornecido pelo mestre. Os primeiros meses foram só de aprendizado. Sua primeira providência foi se aproximar de alguém que conhecesse o mundo fora do Japão. Não foi difícil encontrar um prostíbulo e uma garota viajada disposta a passar informações em troca de ouro. Também descobriu que precisava aprender outros idiomas, o mundo não falava só japonês.

Por ser um vampiro, tinha facilidade em aprender e excelente memória. Aprendeu rápido dois outros idiomas que a garota conhecia. Seu erro foi se alimentar do sangue da prostituta, quando achou que não precisava mais dela. Logo se viu exposto e sem ajuda. Precisou fugir de Nagasaki embarcando no primeiro barco que conseguiu, um que seguiu com destino a Xangai, na China.

Assim começou sua jornada pelo mundo. Ficava alguns anos em cada porto, estudando o local, registrando tudo o que podia informar ao mestre. De tempos em tempos, que algumas vezes podiam até demorar anos, escrevia um pergaminho com suas últimas descobertas e achava um jeito de enviá-lo ao mestre. Geralmente encontrava um mercador viajando para o Japão, combinava o envio do pergaminho sob pagamento de algum ouro, prometendo o dobro quando fosse entregue. O mestre normalmente cumpria o combinado, e enviava uma resposta pelo mesmo portador, no mesmo esquema. Dessa forma conseguiam uma forma de comunicação bidirecional, lenta, mas eficiente. Para obter mais ouro só precisava atacar algum comerciante, quando seu caixa ficava baixo.

Foi assim que informou ao mestre tudo que acontecia em seu caminho. Depois de Xangai, foi para Bombaim, seguiu a rota China-Europa, conheceu vários portos asiáticos e europeus, incluindo os portos adriáticos, principalmente os italianos: Nápoles, Bari, Ancona.

Seu foco principal eram as cidades portuárias, aquelas onde sempre haviam prostíbulos, onde era mais fácil encontrar japonesas e absorver a cultura local. Aprendera que não devia se alimentar com o sangue da prostituta que o ajudava, mas de outras que podiam facilmente desaparecer, sem deixar pistas. Era comum que prostitutas fugissem com marinheiros, só precisava estar atento as oportunidades para desaparecer com uma.

Mas não se fixava só nos portos. Também se aventurou pelo interior de vários países, descobrindo que havia castelos e fortalezas, sempre defendidos em ferozes batalhas entre seus senhores e eventuais invasores. Gostava quando estava no meio de uma batalha, não importava qual o lado, sempre havia mortes em grande quantidade e um enorme suprimento de sangue fresco. Era o paraíso.

Houve uma vez em que se deixou capturar, para conhecer um castelo por dentro. Fingiu atacar um comerciante para roubar, sabendo que estava perto de guardas de um castelo. Quando os soldados acudiram o comerciante, não houve reação, embora pudesse tê-los derrotado brincando, com sua força e velocidade. Mas se deixou subjugar e foi preso, levado aos calabouços do castelo como um humano qualquer.

Observou as defesas do castelo nos três dias em que permaneceu preso. As celas eram escuras, protegidas do sol, como devia ser o castelo inteiro já que era todo construído de pedras. A entrada era por um portão protegido por pontes levadiças e grades corrediças, sempre fechadas á noite. Havia um fosso circundando o castelo, com água corrente. Estava bem defendido contra vampiros, embora seus ocupantes não soubessem disto. Era uma informação que ele devia repassar ao mestre.

Para sair dali teve algum trabalho. Não com as celas, já que havia sido capturado como humano. Foi fácil abrir as grades com sua força. Nem com os guardas que foram dominados facilmente com sua velocidade. Mas a dificuldade veio com a ponte levadiça e o fosso. Não tinha como abri-la sem atacar todos os guardas ao mesmo tempo. Também não podia atravessar a água corrente, e seria muito difícil saltar o fosso sem uma distância segura para correr e pegar impulso...

Foi obrigado a esperar até que os primeiros serviçais começassem a trabalhar, pouco antes do nascer do sol. Eles podiam sair do castelo por portas laterais e usavam passagens sobre o fosso, vigiadas, porém seguras.

Era o caminho, não podia permanecer no castelo depois que eliminara alguns guardas. Tinha que tentar qualquer coisa, mesmo com o sol quase se apresentando. Com suas habilidades, atacou um servo que estava saindo, trocou as roupas rapidamente e conseguiu sair do castelo em direção a floresta, sem ser detectado. Entre as densas arvores conseguiu sombras seguras. Tinha sido perigoso, mas revelara uma coisa: se vampiros ocupassem o castelo, seria um local bem seguro, tanto do sol como de inimigos. Mais uma coisa que o mestre precisava saber.

Viveu como um nômade por quase cem anos, a serviço do mestre. Agora sabia que não tinha sido em vão, o mestre estava vindo ao seu encontro. Ele lhe tinha enviado uma mensagem quase três meses antes. Estava negociando um navio para trazê-lo a Europa, com todos os vassalos, samurais e noivas.

E lhe enviou outra ordem: precisava encontrar um castelo que pudesse ser tomado por aproximadamente 20 samurais, a força que o mestre estava trazendo, e que fosse confortável e seguro para suas 12 noivas.

Já tinha encontrado um castelo perfeito. Ficava há meio dia da capital, e próximo do porto. Agora só precisava ficar monitorando, e aguardar a chegada do navio que trazia o mestre.

Depois de passear por toda a Europa e conhecer muitos locais, sabia exatamente onde poderia ser mais seguro para vampiros. Na Romênia já havia vampiros residentes, em Londres também, não eram locais seguros. A Áustria parecia promissora, mas estava longe das melhores rotas comerciais. Neste momento, Itália e França eram os locais menos recomendados para vampiros, devido ao movimento dos católicos e do Papa.

Era o que havia informado ao mestre: neste momento o melhor local para vampiros na Europa seria no sudeste do Mar Adriático. Aguardaria o tempo que fosse necessário até a chegada do "Madona Dourada". Estaria à espera do navio no porto de Durres, na Albânia.

42 — O castelo

Assim que entraram no Mar Adriático, Shogun percebeu o entusiasmo dos marinheiros. Era tão experiente em traições tanto quanto aquele marinheiro se dizia experiente em motins. A reação dos marujos estava nos seus planos e era esperada.

Seus generais podiam não entender de navegação, mas tinham sido instruídos para vigiar os marinheiros dia e noite, à procura de quaisquer sinais que não fossem obediência.

Como o capitão e os dois covardes estavam aprisionados no porão, e dois haviam morrido, vigiar os outros quatro era muito fácil. Perceber que eles planejavam alguma coisa também foi.

O mestre conhecia os riscos da viagem e sabia que a Itália não era um destino adequado, conforme as informações que recebera. Mas parecia ser exatamente o que os marinheiros planejavam: levá-los para um porto italiano e entregá-los de algum modo para os cavaleiros cristãos.

Os marinheiros não sabiam que ele já tinha planejado de outra forma, apenas não tinha contado. Só os dois generais conheciam o verdadeiro destino daquela viagem. Assim que perceberam o entusiasmo dos marinheiros, souberam que estavam em território italiano, no Mar Adriático, ainda dentro da rota China-Itália. Não foi difícil convencer os quatro marinheiros, com uma pequena e aterrorizante ajuda dos generais, de que o navio devia fazer um desvio para reabastecimento. Então ao invés de seguirem para oeste, para o porto de Bali na Itália, desviaram para leste, para fazer uma escala no porto de Durres, na Albânia. Geralmente aquilo fazia parte da rota, era um desvio normal.

A chegada a Durres foi ao entardecer, quase noite. Excelente para o mestre e seus generais, que não precisaram esperar muito para desembarcar. Os outros samurais ficaram vigiando o navio e os marinheiros. E as noivas.

Demorou pouco tempo para que os desembarcados encontrassem o prostíbulo local e perguntando por seus conterrâneos japoneses logo encontraram Noboiushi.

Ficaram acampados no navio na semana seguinte, um local seguro, tanto em relação ao sol quanto para autoridades incômodas. Os marinheiros também ficaram detidos, para não darem nenhum alarme.

Durante este período foram traçados os planos para a tomada do castelo que Noboiushi encontrara. Agora eram 3 generais mais o mestre, além de 14 samurais ociosos, todos ansiosos por alguma ação. Não haveria atividades para as noivas.

O plano foi o mais simples: quatro samurais; sendo um general, mais o próprio Noboiushi para mostrar o caminho, e dois guerreiros partiriam uma noite antes. Seguiriam até o castelo e ficariam escondidos nas proximidades. Sua missão era atacar o castelo quando a próxima noite chegasse, impedindo que a ponte levadiça e as portas corrediças frontais fossem fechadas. Deveriam entreter os inimigos ao menos por uma hora e meia.

Dois guerreiros, os prisioneiros e as noivas ficaram no navio. Os demais partiram na primeira hora da noite seguinte, seguindo as pistas deixadas pelo primeiro grupo. Chegaram ao castelo ainda durante o ataque da primeira equipe, e agora em número bem maior, rapidamente puseram fim à batalha. Suas ordens, como sempre, foram para capturar o máximo de inimigos vivos e só matar em caso de necessidade. Eram estranhos numa terra estranha, e não podiam desperdiçar comida.

Com o castelo sob controle, quatro samurais voltaram para buscar as noivas e os que estavam no navio. Agora os vampiros eram os senhores do castelo, tomado em batalha, o que lhes dava esse direito conforme os costumes locais.

Os senhores vencidos eram um conde e sua esposa com uma filha, cerca de 50 soldados e vários serviçais, incluindo alguns escravos. Com exceção de dois soldados que morreram na batalha, todos os outros foram aprisionados e enviados para os calabouços do castelo. Vários bastante feridos.

Para os padrões do palácio de Shogun, e depois da permanência em um navio, aquele castelo era enorme. Todo construído em pedra sólida, vários andares, uma centena de quartos, torres, porões e um calabouço cheio de celas. Shogun se sentiu um verdadeiro imperador, mas aceitava o título de Conde, para chamar menos atenção.

Todas as noivas receberam um quarto para cada uma, no piso superior. Todas agora foram nomeadas condessas. Alana recebeu o quarto que fora da filha do conde anterior, com todos os bens e posses que estavam no quarto. Ficou encantada com os vestidos, joias, calçados e tudo o mais que encontrou, mas foi a primeira a perceber o problema. Vampiros mantinham escravos, mas não tinham servos pessoais, como ela tinha conhecido durante sua estada com os caçadores. Sem servos seria difícil manter aquele novo padrão de vida.

Foi preciso muita conversa, correndo o risco de receber um severo castigo, até convencer Shogun de que ele precisava manter os servos domésticos, se queria realmente viver uma vida de Conde. Teve sucesso, e logo precisou convencer as outras noivas de que as servas eram para ajudá-las, não para servirem de lanche. Neste ponto, precisou que o mestre intervisse pessoalmente, ordenando que os serviçais não eram alimento.

Alana só conseguiu conversar com o General Noboiushi quase um mês depois da tomada do castelo. Embora tivessem estado quase um século sem notícias um do outro, a "quase" amizade se mantinha a mesma. Sempre que podiam ficavam conversando sobre as experiências vividas por cada um, praticando línguas estrangeiras que agora ambos conheciam, e Alana até aprendeu novas técnicas de combate. Por exemplo, como nocautear um adversário enquanto corria, ou como levantar um inimigo pelo pescoço sem matá-lo, ou como se defender quando o inimigo estava em maior número.

O general não revelava a ninguém, nem ao mestre, mas aquela menina o fazia lembrar que numa época distante já tinha tido uma filha, que fora morta na mesma noite em que havia sido capturado e perdido sua honra. O lembrava que não tinha sido capaz de proteger sua própria filha e nem a si mesmo. Cuidar desta criança agora, ou apenas protegê-la e ensiná-la, era uma forma de tentar fazer alguma coisa honrosa, para preencher sua vida vazia e perdida. Isso, desde que não recebesse nenhuma ordem em contrário, pois cumprir ordens tinha prioridade sobre suas próprias necessidades.

43 — O herdeiro do Duque

Aquele final de século, mais precisamente os anos a partir de 1885, trouxeram muitas novidades para as rotinas dos vampiros. Depois da viagem por mar e da tomada do castelo, o Conde Shogun se tornou um comerciante internacional, atuando diretamente no tráfico de escravos, no contrabando e no aluguel de força militar. Sua chegada na Europa tinha sido tão fácil que ele decidira se dedicar profissionalmente a essas atividades extremamente lucrativas.

Menos de um ano depois de tomar o castelo ele convenceu o capitão Jacques Donatello a entrar para o seu serviço.

Não que o capitão tivesse muitas opções: morrer definitivamente ou morrer e se tornar um vampiro obediente. Donatello logo rejeitou a primeira opção. Quanto a segunda, foi informado que como bônus, passaria a ter uma força extraordinária, poderia se mover numa velocidade impossível de ser visto por olhos humanos, poderia ser imortal e saudável para sempre. Os contras era que não poderia se expor ao sol, teria que se alimentar frequentemente de sangue fresco e teria que obedecer ao mestre incondicionalmente. Grande negócio. Nem pensar em traição, todos os vampiros se vigiavam mutuamente.

Shogun se beneficiou do conhecimento do seu novo capitão vampiro. Passou a conhecer tudo sobre as rotas do tráfico, os mercados de escravos, onde eram capturados, e tudo o mais. Seus homens passaram a integrar as equipes de marinheiros, e logo a captura de escravos passou a ser bem mais fácil do que apenas a compra e venda. O negócio se revelou muito mais lucrativo. Logo, precisaram expandir. Capturaram outros navios, de preferência os de piratas, quando se deixavam ser atacados. Aqueles navios nem precisavam ser legalizados, podiam voltar ao trabalho imediatamente. Mais navios precisavam de mais tripulações. Shogun e seus generais precisaram transformar muito mais guerreiros e marinheiros, o que acabou por lhes dar uma enorme força militar, tanto em terra quanto no mar.

Outros nobres com problemas começaram a lhe pedir ajuda para conter revoltas, combater piratas e até mesmo algumas guerras locais. Seu exército mercenário ganhou fama de invencível e violento. Negociava também com os prováveis perdedores, em segredo. Quando não havia chance de vitória para algum cliente, ele negociava sua fuga, levando bens, pessoas e tesouros para locais seguros, bem longe. Donatello o ensinou a pedir gordas comissões nestas operações. Assim ganhavam dos dois lados.

Claro que todos esses negócios eram feitos no submundo, sem chamar a atenção. Grande parte deles era fechada nos prostibulo ou no porto. Shogun sabia que os Caçadores na Europa eram muito mais perigosos e procurava manter todos os seus negócios em segredo; era uma condição de sobrevivência. Seu nome nem era associado a estas operações obscuras, sempre podia usar um nome falso. Então também precisava manter alguns negócios honestos, para manter as aparências, como todos os outros nobres da região. Passou a ter uma vida social relativamente intensa. Frequentava outros castelos ocasionalmente, para reuniões de negócios ou mesmo algumas celebrações, como alguns casamentos. Outras vezes recebia convidados em seu próprio castelo. Sempre cuidando para não se encontrar com o sol.

Nas reuniões de negócios, honestos ou escusos, o Conde Shogun era sempre acompanhado pelo menos por dois dos seus generais. Nas reuniões sociais ele permitia também a presença de duas ou três de suas "protegidas", como chamava suas noivas na presença de estranhos. Alana estava sempre presente nessas reuniões, por ser a que melhor sabia tratar com humanos. Era sempre jovial, simpática, inteligente e sorridente. Sempre dominava as atenções. Era bom para elevar o ânimo dos seus convidados.

Foi assim que em 1902 ela conheceu o Duque.

Na verdade Sir Ferdinand von Ghostenburg ainda não era duque, era o filho e herdeiro do Duque de Caríntia. Seu pai era um nobre proprietário de dois castelos na Áustria. Sir Ferdinand era jovem, cerca de trinta e cinco anos e muito esbelto. Um nobre de verdade, em todos os sentidos. Estava viajando pela Albânia a procura de negócios com cavalos, sob ordens do seu pai. Seu próprio navio estava ancorado em Durres. Tinha ouvido boatos sobre o exército do Shogun e estava ali para tentar algum negócio. Shogun não tinha nenhum interesse em cavalos, mas não podia ignorar nenhum nobre rico. Se fosse lucrativo ele até montaria nos cavalos. Era possível conseguir quantos fossem necessários.

O filho do Duque fez várias visitas ao castelo para tratarem dos detalhes, pois pessoa tão importante não podia negociar só no porto ou em antros pouco recomendáveis. Não é preciso dizer que ele logo ficou encantado com Alana, como acontecia com todos. Shogun já nem estranhava mais. Deixava que os dois conversassem livremente, enquanto confabulava com os generais e os outros comerciantes. Sua protegida conversava com todos os seus convidados, não havia nada de anormal nisto.

Numa das últimas visitas o duque disfarçadamente entregou uma carta para Alana, sem que ninguém visse. Ela não entendeu no início, mas escondeu a carta e deixou para ler depois, quando estivesse sozinha.

Era uma apaixonada declaração de amor. Sir Ferdinand se declarava perdidamente apaixonado, implorava para que fosse correspondido e coisas assim. Se ela aceitasse, ele imediatamente formalizaria o pedido de casamento para seu tutor, o Conde, e pagaria qualquer dote que fosse pedido. Ao voltarem para a Áustria se casariam imediatamente e ela seria a Duquesa de Caríntia.

Num primeiro momento ela pensou em rasgar a carta e jogar fora. Mas era um texto tão apaixonado. Nunca havia pensado em casamento, exceto quando ainda nem era vampira, quando tinha sonhos infantis com príncipes encantados. Como seria o casamento de uma vampira com um humano? Parecia um desafio. E analisando sua situação atual, mesmo ocupando o lugar de uma condessa, ainda se sentia uma escrava, uma prisioneira, e aos olhos dos de fora era apenas uma "protegida"... Ainda pensava em fugir, quando tivesse uma oportunidade.

Parecia que tinha uma agora.

Mas se ia fugir, o mestre nunca deveria sequer imaginar para onde ela iria. Se soubesse, ele enviaria batedores atrás dela, com ordens para capturá-la ou matá-la. Se fosse trazida de volta seria castigada e provavelmente destruída. Ao mesmo tempo que ficava apreensiva, seu cérebro despertava com a possibilidade da fuga e do desafio. Era uma chance que não podia ser desperdiçada. Outra ideia maluca se formou em sua mente.

Ela sabia que o Duque voltaria para outra visita dois dias depois. No mesmo momento decidiu escrever uma carta resposta:

"Meu senhor, não imagina como suas palavras encheram meu coração de alegria e apreensão.

Alegria por saber que meus próprios sentimentos são correspondidos e apreensão por saber que são apenas sonhos, que nunca poderão se tornar realidade. Eu estou presa a um compromisso que meu tutor firmou, contra a minha vontade. Ele jamais permitiria que eu quebrasse uma promessa sua.

No entanto, meu coração diz que eu estaria segura ao vosso lado. Se for a vossa vontade, eu aceito seguir meus sentimentos e acompanhá-lo, em segredo. Não podemos mais conversar ou trocar cartas, esta será a última. Para que eu saiba o que fazer, na vossa última visita ofereça um presente de despedida ao meu tutor. Será um sinal. Eu saberei que devo encontrar-vos em seu navio, depois do pôr do sol. Levarei comigo apenas meu coração e minha vida. Peço-vos que destrua esta carta assim que a ler e não deixe que nenhuma destas palavras chegue a qualquer outro ouvido.

Se não oferecer nenhum presente, eu entenderei."

Leu e releu a carta várias vezes. Não precisava assinar. Sabia que estava se arriscando, mas valeria a pena. Foi fácil entregar a carta ao Duque na reunião seguinte. Mas evitou qualquer conversa demorada, não queria atrair a atenção do mestre. Parece que o Duque entendeu, pois não insistiu, mesmo sem ter lido a carta ainda. Ele também estava apreensivo. Quando a reunião terminou ela sabia que estava jogando com a própria vida.

No dia seguinte, ainda pela manhã, soube que o Duque havia solicitado uma audiência de emergência com o Conde. Ela estava por perto, atenta, e conseguiu ser convidada para estar presente. Viu que Sir Ferdinand estava muito ansioso e tenso, por um momento pensou que tudo iria por água abaixo. Mas então entendeu:

Ele tinha vindo se despedir do Conde. Disse que havia recebido um recado urgente do pai, que deveria voltar imediatamente para casa, por questões de saúde. Como prova de amizade, e como garantia de que voltaria para finalizar os negócios inacabados, ele trouxera um presente para o Conde: uma linda espada cravejada de pedras preciosas.

Shogun ficou tão encantado com a beleza da espada que sequer notou o resplandecente sorriso da sua protegida, e nem a felicidade que irradiava dos olhos do Duque, quando ele viu aquele sorriso.

Terminada a reunião, ela imediatamente subiu para o quarto. Tinha que arrumar uma trouxa, não podia perder o navio que partiria naquela noite.

44 — O casamento

A viagem de Durres até Trieste não demorou nem um dia. Como prometido, Alana se apresentou no navio logo depois do pôr do sol. Tinha vindo direto do castelo, menos de uma hora de corrida. Tendo saído a pé tão logo escureceu, não despertou nenhuma suspeita. Ninguém se importava mesmo. Se não houvesse nenhuma outra audiência imediata, sua fuga só seria descoberta uma ou duas semanas depois. Para o Duque ela disse que saiu do castelo no início da tarde, numa carruagem e que havia dispensado o cocheiro logo que entraram no porto, para não revelar seu destino.

Em Durres havia navios entrando e saindo o tempo todo, não foi nenhuma novidade aquela partida noturna. O duque já havia ordenado aos seus próprios serviçais que preparassem alojamentos adequados para sua convidada. Passaram toda a viagem conversando, ora sobre a vida na corte da Áustria, ora sobre as histórias que Alana inventava, já que não podia contar a verdade. Mas ela sabia ser convincente, tinha experiência.

O Duque informou que o atual Imperador da Áustria era também o Rei da Hungria, portanto era quem governava o Império Austro-húngaro, um dos maiores impérios da Europa na época. E que ultimamente vinham tendo muitas desavenças com a Sérvia. Seu pai, Sir Albert von Ghostenburg era o Duque de Caríntia, título que sua família detinha por séculos. Sua mãe havia falecido alguns anos antes e fazia muita falta ao Duque Albert. Devia ser por isso que sua saúde não ia muito bem. Dois castelos pertenciam ao ducado, um administrado pelo próprio Sir Albert, e o outro pelo seu irmão, Sir Gustav, que atualmente era o castelão. Cada irmão tinha um filho. Seu primo Adolph, dois anos mais velho, não se conformava em ser apenas o herdeiro do castelão e isso já havia provocado diversas brigas entre eles. Mas os problemas da corte não eram assunto adequado para uma conversa com tão agradável convidada.

Ela por sua vez, contou do pai distante que também era um nobre, vassalo do Imperador do Japão. Contou que sofria de uma doença de pele hereditária, herdada de sua mãe, que a impedia de se expor a locais muito claros e que não era contagiosa. Era um motivo para evitar o sol, e não havia tratamento conhecido. Contava mentiras, claro, pois agora ela não tinha nenhum médico particular. Desta vez não trouxe uma arca de ouro para pagar sua estadia, embora tivesse suas próprias joias. Trouxera a herança da condessa anterior do castelo do mestre. Por ter saído fugida, não trouxera roupas, apenas uma muda simples. Aliás, estava vestida em trajes de montar, foi a melhor forma de sair do castelo sem chamar a atenção.

Contou que seu pai a havia entregue aos cuidados do Shogun, quando este decidira deixar o Japão, para verem se o clima diferente melhoraria sua saúde delicada. Quando estivesse curada poderia voltar, mas até então não sabia dos planos atuais do seu tutor. Há alguns meses ele tinha insinuado que estava arrumando um casamento para ela na Europa. Sem seu conhecimento e nem sabia se seu pai estava de acordo.

Sir Ferdinand era um nobre, não tinha porque duvidar de nenhuma daquelas palavras, ditas por uma jovem tão meiga. Ela arriscava a própria vida para se livrar do tirano que a prometera para alguém que ela sequer conhecia. Aquilo não estava certo, ele faria qualquer coisa para proteger tão adorável e indefesa criatura.

Chegaram a Trieste logo depois do meio dia. Era o único porto que pertencia a Áustria naquela época e era muito movimentado. A Casa Ghostenburg possuía seu próprio ancoradouro, da mesma forma como outras nobres famílias austríacas. Com o navio atracado, aguardaram algumas horas até o sol diminuir sua intensidade, já que a convidada era sensível à luz. A família possuía até dois automóveis, mas estavam no castelo. Quando conseguiram uma carruagem adequada, toda fechada por pesadas cortinas, decidiram partir. Alana tinha recebido um guarda roupa completo no navio, presente de Ferdinand, parte das mercadorias que ele geralmente adquiria quando estava viajando, incluindo alguns casacos próprios para o forte inverno que era esperado para aquele ano. Ela se embrulhou como pode num casaco de peles, para ir do navio até a carruagem. O duque apaixonado não viu nada de estranho naquilo, ele só queria paparicá-la e até achou graça naqueles cuidados.

Demoraram ainda várias horas para percorrer os quase 160 km de Trieste até a cidade de Ragain, última cidade antes do castelo. Chegaram já com o sol se pondo, o que facilitava para Alana. Da cidade ela pode ver o imponente castelo a distância, construído sobre uma montanha baixa, com os Alpes ao fundo, cheios de outras altas montanhas que tinham os cumes cobertos de neve. Além da paisagem impressionante havia um delicioso aroma de pinheiros impregnando o ar.

Eles já eram esperados, graças ao mensageiro que tinha partido a cavalo, logo que o navio atracou. Depois de passar por dois conjuntos de pontes levadiças e portas corrediças, a carruagem parou num largo pátio, que ladeava a primeira torre do castelo. Devia ser a torre principal. Ela subiu por uma escadaria e entrou num enorme salão, que parecia uma enorme sala de convenções. As paredes laterais estavam cobertas por pinturas, tapeçarias e enormes cortinas, que deviam esconder janelas. No fundo da sala, outra enorme escadaria que subia alguns metros e se dividia em duas, levando aos aposentos superiores dos dois lados. Havia tapetes felpudos desde a entrada até o início da escadaria. A mobília também impressionava: de um lado dos tapetes, uma enorme mesa de reuniões para aproximadamente 15 pessoas, com cadeiras de espaldares altos. No lado oposto vários conjuntos de sofás, para reuniões informais. Espalhadas pelo salão, havia cinco armaduras completas, vazias e armadas com escudos, lanças, adagas e capacetes. Duas estavam equipadas com bestas e aljavas cheias de setas, presas ao cinto.

O Duque Albert esperava sentado em um dos sofás. Já tinha seus 70 anos, barba, bigodes pontudos e cabelos brancos, ligeiramente gordo, vestido com um traje típico da nobreza: calças justas, botas de cano alto, um enorme e comprido casaco azul cheio de medalhas, abotoado até o pescoço. Sir Ferdinand foi direto cumprimentar seu pai, se abraçaram e conversaram em voz baixa por alguns minutos, como pai e filho que não se viam há algum tempo. Alana aguardou na entrada até ser chamada.

Ela ainda não sabia como se comportar na corte. No castelo do Conde a maioria dos visitantes eram comerciantes e nobres de baixa estirpe, sem muito protocolo. Ela se aproximou do Duque quando Ferdinand lhe acenou e se ajoelhou sobre uma perna quando chegou a dois metros dele. Sir Albert estranhou aquele comportamento, mas de forma alguma poderia destratá-la: ele avançou dois passos, ofereceu sua mão para ajudá-la a se levantar e sorriu para ela:

— Minha jovem, parece que está me confundindo com o Imperador. Eu sou apenas um Duque, não precisa se ajoelhar em minha presença. Venha, sente-se ao meu lado, vamos conversar.

Alana se sentiu envergonhada pela gafe, mas não recusou o convite. Estava entre nobres de verdade.

Conversaram por quase uma hora. Pai e filho ficaram fascinados com as histórias que ela contou sobre o Japão, dos palácios construídos de madeira e papel de arroz, dos costumes e da honra dos samurais, da viagem por mar de quase dois meses, de quando um marujo se desequilibrou e caiu no mar, sendo atacado por tubarões, das várias línguas que ela aprendera na viagem... Só interromperam a conversa, a contragosto, quando Ferdinand gentilmente lembrou que ela devia estar cansada e que talvez quisesse se arrumar antes do jantar. Chamou uma serviçal para acompanhá-la até seus novos aposentos, na ala de hóspedes.

Quando Alana subiu a escadaria do fundo e saiu do salão, Sir Albert interrogou Ferdinand. Não havia segredos entre pai e filho:

— Ela é adorável. O que você planeja exatamente?

— Não pretendo te esconder nada, meu pai. Estou apaixonado pela condessa e minha intenção é desposá-la assim que for possível, com a tua permissão.

— Está consciente do que significa sua união com uma estrangeira? Ela nem sequer é alemã ou russa, o que nos seria mais conveniente.

— Sim, sei disso, meu pai. Espero que deixando minhas outras pretendentes, as alemãs e as russas livres, eu ponha um fim às desavenças com Adolph. Ele pode ficar com qualquer uma que o aceite... Todos os outros entenderão assim que conhecerem a condessa.

— Pode ser que ajude, mas não estou certo que apenas o seu casamento com uma estrangeira cale a boca do seu primo. Meu irmão não se oporá. Mas vamos ver. Creio que podemos apresentá-la à corte como sua noiva, se é realmente isso que vocês dois desejam, e ver quais serão as reações...

— Só posso responder por mim, pai, é tudo o que quero. Tenho sua permissão para pedi-la ainda esta noite, durante o jantar?

Não houve objeção por parte de Sir Albert. E é claro que Alana aceitou. Na ausência do seu próprio pai, que estava no Japão, e de seu tutor, que estava na Albânia, o próprio Duque assumiu a responsabilidade pelo seu casamento, como era seu direito sobre estrangeiros sob sua guarda. Não estavam em regime de guerra, mas o Duque tinha esse direito, desde que Alana aceitasse. O casamento foi marcado para o verão do ano seguinte.

Para Alana foi fácil se acostumar com a corte. Ela sabia ser gentil e simpática, tanto para com os nobres quanto com os criados e guardas. Antes mesmo de casada já era tratada como a Duquesa.

O ano seguinte foi de preparativos para o casamento e para que ela fosse aceita pela corte. Toda a criadagem foi posta a sua disposição, para preparar roupas, a festa, todo o cerimonial. Ela também participava das reuniões oficiais do Duque, ao lado de Ferdinand, no papel de sua noiva e de herdeira consorte do ducado. Quando o assunto era político ela apenas ouvia. Quando era alguma coisa que já havia sido discutida antes ela também opinava, autorizada pelo Duque ou por Ferdinand. Nestas ocasiões ela sabia o que dizia, graças a sua memória prodigiosa e encantava a todos com suas sábias observações. Quando havia mais algum estrangeiro, ela ajudava falando na língua do visitante, o que impressionava a todos mais ainda. Ferdinand quase explodia de satisfação ao ver o desempenho da sua noiva, era óbvio que toda a corte aprovava sua decisão.

Os únicos problemas de Alana eram dois: se esquivar do sol, o que ela fazia invocando sua doença de pele, para o que contava com a ajuda dos criados que não mediam esforços para ajudar uma duquesa tão meiga e jovial. O outro era se esquivar dos padres e bispos que infestavam o castelo. Ela não sabia que a Áustria era predominantemente católica e que estes carregavam tantos objetos sagrados. Aqueles objetos eram carregados de energia que a enfraqueciam, sempre a deixavam tonta quando se aproximava demais.

Quando Ferdinand a levara para conhecer a capela do castelo, onde pretendia fazer a cerimônia do casamento, ela quase desmaiou. Ele teve que carregá-la para fora, e procurar um local não iluminado, até que ela se restabelecesse, o que foi rápido. Ela alegou que era uma crise da sua doença, que ocorria quando ela ficava muito nervosa. O nervosismo foi explicado como uma consequência natural do casamento próximo e das suas crenças baseadas nas religiões japonesas. Embora ela não fosse praticante, era respeitadora.

Ferdinand compreendeu e mesmo desejando uma cerimônia na capela, aceitou que não devia pressionar sua frágil noiva. Combinaram que o casamento seria realizado nos jardins do castelo, após o pôr do sol. Só não tinha como dispensar os bispos, Alana teve que aceitar isto.

O casamento aconteceu conforme o combinado, nos jardins e ao pôr do sol. Alana estava radiante e resplandecente em seu vestido de noiva branco, com uma longa cauda carregada por quatro criadas. Tinha muitos detalhes dourados que ela mesma ajudara a bordar. Usava os longos cabelos presos sobre a cabeça, que sustentavam o véu e a grinalda, fazendo com que ela parecesse mais alta. A beleza do vestido que não podia ser amassado mantinha os convidados a uma distância segura para ela, inclusive os bispos. Tinham decidido que a cerimônia seria simples, apenas para os convidados mais íntimos. Havia cerca de quinhentos, entre nobres austríacos, húngaros, alemães, franceses e italianos. Cada convidado havia trazido alguns criados ou convidados particulares, o que dava aproximadamente umas mil e quinhentas pessoas no castelo, além da população normal.

Foi assim que no verão de 1903, ela se tornou oficialmente a Senhora Alana von Ghostenburg, Duquesa Consorte da Província de Caríntia, com direito a um mês inteiro de lua de mel em Paris.

Só quem não se mostrava à vontade era Adolph, sempre enciumado pelo sucesso do primo. Era um invejoso que não se conformava por ficar sempre em segundo plano.

45 — A Duquesa

Os dois primeiros anos de casada transcorreram quase sem que percebesse. O início do terceiro ano, setembro de 1905, foi marcado pelo agravamento da doença do Duque. Sir Albert parecia ter ficado tão feliz com o casamento do filho, que passou a descuidar da própria saúde. Dizia que já tinha completado sua missão e que podia partir ao encontro da sua amada esposa, falecida anos antes. Nem Alana conseguia convencê-lo a se cuidar. Sua saúde piorou com a chegada do inverno. Faleceu em janeiro do ano seguinte.

Ferdinand recebeu o título oficial de Duque, sucedendo ao pai. O que irritou ainda mais a Adolph, que não conseguia obter sucesso em coisa nenhuma, nem mesmo por osmose.

A morte de Sir Albert também foi um duro golpe em seu irmão, Sir Gustav, apenas cinco anos mais novo. Com 68 anos, ele também não resistiu e faleceu no final do mesmo ano, o que transformou Adolph em Castelão, e no mais velho remanescente da família. Na sua mente doentia ele se considerava o verdadeiro herdeiro do título e não o primo Ferdinand. Ainda era solteiro, mas se recusava a se casar se não fosse com outra nobre, e nenhuma das disponíveis aceitaria se casar com um castelão. A questão da sucessão passou a ser um problema muito mais sério. Ele e Ferdinand eram os dois últimos homens da família. Se Ferdinand morresse, o título seria seu por herança natural, desde que o primo não tivesse um filho para atrapalhar. Mas Adolph além de invejoso era muito covarde, jamais teria condições de arquitetar o assassinato do primo. Foi então que percebeu que Ferdinand já estava casado há três anos e ainda não tinha nenhum filho. Qual seria o problema? Seria a doença da Duquesa? Ali estava um assunto para investigar e tirar algum proveito.

O período de 1906 a 1914 deveria ter sido o mais feliz na vida de Alana, legitimamente casada com o Duque de direito, mas foi recheado de sombras. As condições políticas se deterioravam, principalmente depois que o Imperador decidiu anexar a Bósnia Herzegovina, criando problemas com a Rússia. Os conflitos com a Sérvia também só aumentavam. A Áustria dependia do apoio da Alemanha, para continuar com suas pretensões de anexar mais terras nos Bálcãs. Todos os que tinham qualquer influência sobre os alemães eram constantemente chamados a Viena, pelo Imperador. O Duque Ferdinand era um destes e passava a maior parte do tempo viajando entre Viena, Berlim e outras cidades austríacas nem sempre muito próximas.

Alana administrava o castelo sozinha, da mesma forma que Adolph fazia com o segundo castelo e mesmo assim ainda tinha muito tempo livre. Tinha a total confiança dos criados e dos soldados que permaneciam. Com os criados mais velhos ela aprendeu tudo sobre o seu castelo, incluindo segredos que nem os senhores sabiam.

Conhecia todas as torres, salões, calabouços, estábulos, e até as passagens secretas. Sempre que podia ela vestia trajes de montar e cavalgava pela floresta em volta do castelo, acompanhada por uma escolta. Tinha sua guarda pessoal, composta por uma dúzia dos melhores cavaleiros. Fazia isso nos dias nublados, sem chance de um encontro com seu inimigo permanente: o sol.

Com a proximidade de uma guerra, convenceu os guardas mais próximos de que ela também precisava treinar. Disse a eles que no Japão era normal as nobres praticarem defesa pessoal e demonstrou alguns golpes que conhecia. Derrubou alguns oficiais facilmente, logo depois de uma cavalgada. Passou a treinar regularmente com sua guarda pessoal. Já conhecia espadas curtas e adagas, então aprendeu a manejar bestas, arco e flecha e teve até noções de armas de fogo. Não gostou destas, eram muito barulhentas e tinham mau cheiro. Gostou mesmo foi das bestas, arcos providos de cabos com gatilho, que atiravam pequenas flechas. Descobriu que era uma exímia atiradora: com suas setas acertava cebolas a mais de quinze metros de distância. Pobres cebolas, não tinham nenhuma chance. Com maçãs ela usava as adagas: arremessava com precisão de até dez metros de distância, algumas vezes até duas adagas certeiras de uma só vez, usando as duas mãos. Até os guardas mais experientes ficavam impressionados. Nunca aprendeu a usar lanças nem escudos, pois não tinha estatura suficiente.

Também praticava combate pessoal, usando seus conhecimentos de artes marciais, das antigas aulas com os samurais. Tinha muita agilidade e sempre derrubava seus oponentes, mesmo que fossem muito mais altos e mais fortes. Conseguiu o respeito incondicional de sua guarda pessoal e de seus servos mais próximos.

Essa convivência com os vassalos tinha outra vantagem, que ela conhecia muito bem: podia se manter sempre bem informada. Assim sabia das intrigas que Adolph espalhava. Nos últimos oito anos ele vinha espalhando suas suspeitas, incluindo a de que ela não podia ter filhos. Como também não frequentava nenhuma missa ou ritual católico, e raramente era vista ao ar livre durante o dia, Adolph começou a tirar conclusões e espalhar mais fofocas: insinuava que ela podia ser uma feiticeira que tinha usado de alguma magia para dominar o Duque.

Alana se irritava muito com esses boatos, mas não conseguia achar um jeito de desmenti-los. Tinha sorte por ninguém suspeitar que ela podia ser uma vampira. Desde que chegara àquele castelo só precisou se alimentar de sangue duas vezes. Uma no verão de 1905, quando fingiu se perder durante uma cavalgada e encontrou um pastor de ovelhas na floresta. Mal tinha saciado sua sede quando precisou esconder o corpo rapidamente, próximo de uma toca de lobos, antes que sua escolta a encontrasse. O que sobrou do corpo depois do banquete dos lobos foi encontrado alguns dias depois, sem atrair nenhuma suspeita para nenhum vampiro ou para ela. Sua segunda refeição de sangue enquanto Duquesa, foi exatamente sete anos e oito meses depois, em 1913. Nessa época já conhecia as passagens secretas e só precisou sair do castelo para a floresta depois do anoitecer. Era abril e os ursos já tinham deixado de hibernar, portanto havia muitos deles e consequentemente muitos caçadores perambulando. Rapidamente encontrou um caçador que garantiu o sangue para sua refeição e carne para os ursos. Fato corriqueiro na floresta. A próxima refeição de sangue foi marcada para sete anos e dez meses depois, seria em 1921.

Mas não aconteceu conforme o planejado. Sua situação realmente ficou ruim em janeiro de 1914. Ferdinand voltou de outra viagem a Viena e dessa vez Adolph estava com ele, sem avisar. Assim que se encontraram Adolph percebeu mais uma coisa. Nos últimos anos as pressões sobre o Duque tinham aumentado muito, com seu casamento, a morte de Sir Albert e do tio, os conflitos políticos, suas frequentes viagens, a pressão das fofocas... Ferdinand tinha envelhecido com tudo isso, já apresentava muitos cabelos grisalhos. Mas a Duquesa estava com a mesma aparência e frescor, igual ao dia em que foi apresentada como noiva, quase 12 anos antes.

No dia seguinte aquele fato já fazia parte das novas fofocas que espalhava: a Duquesa não envelhecia. Só podia ser uma feiticeira que tinha um pacto com o demo.

A fofoca se espalhou como fogo em mato seco, em todas as direções. Alana e Ferdinand também ouviram, e por mais que negassem, não tinham como justificar aquele fato. A doença de Alana, sua religião estrangeira, seus hábitos noturnos, e agora sua juventude eterna, tudo conspirava a favor de Adolph. O relacionamento do casal foi abalado. Se pelo menos ela pudesse engravidar, teria mudado todo o cenário. Mas não sabia como fazer isso. As únicas vampiras que conhecera foram as noivas do mestre, nunca nenhuma tivera filhos, em cem anos de convivência. Não tinha para quem perguntar sequer se isso era possível. Começou a ficar muito irritada, o que piorava tudo. Chegou a planejar em fazer uma visita secreta a Adolph e eliminar aquele foco de problemas definitivamente, mas sabia que isto talvez alimentasse ainda mais as suspeitas sobre ela. Dar nós no pescoço dele não seria uma solução.

Não tinha conhecimento, mas o pior ainda estava por vir.

Aqueles comentários se espalharam para fora dos castelos e até para fora da corte, e acabaram chegando aos ouvidos de espiões dos Caçadores. Alguns oficiais mais velhos se lembraram de alertas antigos e foi só verificar os arquivos para encontrarem as coincidências. Havia um demônio chamado Madame Pin: jovem oriental muito bonita, simpática e sorridente, que não envelhecia, colaborava com vampiros e era extremamente perigosa. Havia dois alertas antigos: no primeiro ela havia participado do roubo de um tesouro avaliado em milhões de dólares. No segundo havia resgatado dois perigosíssimos vampiros, dizimando um batalhão inteiro de soldados com requintes de crueldade, surgindo e desaparecendo no ar como por encanto. Era muita coincidência. Faria sentido se fosse uma feiticeira trabalhando com vampiros.

A agência dos Caçadores de Vampiros em Genebra foi acionada para investigar o caso, pois a Áustria fazia parte do território monitorado pela base suíça. Dois agentes foram despachados imediatamente para Ragain. Os relatórios dos investigadores logo voltaram e eram preocupantes: havia realmente uma duquesa estrangeira, oriental, muito linda, que não envelhecia, tinha hábitos noturnos e evitava eventos católicos. Tinha muita influência na Corte, mas um nobre local afirmava com todas as letras que era uma feiticeira.

O Comandante em Genebra decidiu não arriscar. Se fosse mesmo Madame Pin indicava que algo muito grande estava sendo tramado pelos vampiros, e dentro da Corte austríaca. Podia ser a prova de que os vampiros estavam por trás de todos aqueles conflitos que assolavam a Europa e da guerra que todos anunciavam. Ordenou que os investigadores fizessem contato com o nobre e descobrissem um jeito de se aproximar da duquesa, sem fazer alarde. Por ser alguém de tamanha periculosidade não havia tempo a perder: um batalhão de campo, composto por doze soldados muito bem treinados e com armamento completo anti vampiros seria deslocado para Ragain na primeira oportunidade. Havia muita atividade de vampiros na Romênia e na Transilvânia, mas era possível deslocar um batalhão por algum tempo.

Deu ordens para capturar e interrogar a tal duquesa. Se fosse humana ela não sofreria nada e eles inventariam alguma desculpa para evitar o problema diplomático. Se fosse uma feiticeira ou qualquer outra coisa, eles teriam muitas respostas. Para os Caçadores isto era apenas mais uma operação de rotina.

46 — Strip Tease

Em 28 de junho de 1914 a história do mundo começou a ser mudada. O herdeiro do Imperador da Áustria, o Arquiduque Franz Ferdinand e a esposa Sophie foram assassinados por um terrorista sérvio, em Sarajevo, na Bósnia. Em julho, devido à lentidão na apuração do caso, a Áustria declarou guerra à Sérvia, no que foram apoiados pela Alemanha, mas contrariando a Rússia. Ninguém sabia das consequências ainda, mas estava deflagrada a Primeira Guerra Mundial.

Todos os nobres austríacos foram convocados a Viena, para apoiar os militares. Incluindo Ferdinand, que precisou entregar seu castelo aos cuidados de Alana novamente. Adolph não foi convocado e protestou: ele já era o castelão de um dos castelos, podia cuidar dos dois. Para evitar mais conflitos, Alana e o Duque concordaram que Adolph assumisse aquela função. Ela pensou que poderia vigiá-lo de perto. Foi um erro.

Na primeira semana de agosto foi acordada por uma movimentação barulhenta e anormal no pátio. Barulho de tropas e carroças. O que será que Adolph estaria fazendo com os soldados, ás dez horas da manhã? Era verão, o sol já estava alto e ela não tinha nenhuma necessidade nem intenção de acordar cedo; mesmo assim levantou, certificou-se de que as cortinas estavam bem fechadas, se vestiu e foi ver o que estava acontecendo.

Tinha descido o primeiro lance de escadas que levava ao grande salão quando os viu: havia seis soldados fortemente armados, vestidos com armaduras negras que cobriam o corpo todo, incluindo capacetes germânicos com uma pequena ponta de lança vertical sobre a cabeça e elmos escondendo o rosto. Havia dois próximos da porta de entrada e outros dois de cada lado dos tapetes, próximos da escadaria. Cada dupla estava praticamente de costas um para o outro, o que evidenciava que deviam estar bem treinados. Ela parou ao chegar na junção das escadas e perguntou:

— Mas o que significa isso? Quem são os senhores e o que fazem no meu castelo?

Um dos que estavam à direita, devia ser o que estava no comando, respondeu:

— Somos soldados de um batalhão especial, estamos aqui com autorização do castelão. Temos ordens de levar Vossa Senhoria para um interrogatório. Nos acompanhe, por favor, sem resistência. Sabemos quem sois, Madame Pin!

"Madame Pin? Do que estes doidos estão falando?"

Ela só precisou de dez segundos para entender: aquele maldito do Adolph tinha chamado os Caçadores. De alguma forma eles se lembravam da Princesa Pin, foi o único nome que usou em presença de Caçadores, e agora tinham vindo para capturá-la e interrogá-la.

Precisou de mais vinte segundos para decidir o que fazer. Gritar e chamar a sua guarda estava fora de questão; Adolph já devia tê-los trancafiado e imobilizado. Aqueles soldados não deviam ser os únicos, outros estariam controlando o resto do castelo. Dialogar não parecia adequado. Eram soldados, treinados para lutar, não deviam nem saber conversar. Acompanhá-los, nem pensar. O sol estava alto. Quando desse o primeiro passo no lado de fora eles saberiam que estavam com uma vampira e deviam estar preparados para aquilo. Fazer meia volta e tentar voltar para seu quarto não era solução. Eles a seguiriam e viriam mais preparados, acreditando que era realmente quem pensavam. Só restava uma coisa: abrir caminho à força e sair logo dali. Tentou se lembrar das regras do General Noboiushi, para quando o inimigo estava em maior número:

Primeira regra: identifique quais são as armas dos adversários e como neutralizá-las. Ela podia ver as armaduras, capacetes e elmos protegendo as cabeças, gorjais protegendo os pescoços, escudos protegendo o tórax, espadas empunhadas, adagas presas na cintura. Havia alguma coisa dentro das botas, podia ver o volume, deviam ser facas. E outras coisas presas nas cinturas, escondidas pelos escudos, que deviam ser coldres. Pontos fracos: os elmos tinham buracos para os olhos, as armaduras tinham articulações para braços e pernas. Só. E eram seis soldados, por enquanto. Não tinha nenhuma ideia de como neutralizar tudo aquilo.

Segunda regra: verifique suas próprias armas e o que pode transformar em arma. Ela tinha sua força e sua velocidade, mais nada. No salão havia as armaduras decorativas e armadas, mas estavam longe.

Terceira e mais importante: só mostre o que vai usar quando for o momento de usar; o inimigo também conhece a primeira regra.

Parecia perdida, teria que lutar por sua vida, era só o que importava. Seu cérebro estava em velocidade máxima, enquanto sentia os níveis de adrenalina subindo em seu sangue. Se aqueles caras queriam briga, era o que teriam, nunca deixaria que a transformassem em bolo assado de carne moída.

Precisava imediatamente retomar o controle da situação, o próximo movimento tinha que ser dela. Já que não adiantava gritar, nem conversar e não ia fugir, resolveu usar a melhor de suas armas.

Calma e vagarosamente, começou a se despir.

47 — Chifres e rabo

Começou tirando a blusa de cima e a deixou cair, sem gestos bruscos. Viu a surpresa nos olhos dos soldados, enquanto desabotoava as dezenas de botões do corpete, com seus dedos ágeis. Terminado o último botão deixou que o corpete caísse. Por baixo usava uma leve blusa de cetim, que permitia movimentar livremente seus braços. Mas ainda estava com uma pesada saia balão, toda rodada. Girou a saia e a desabotoou também. Podia sentir a tensão nos soldados, que esperavam qualquer coisa menos um strip-tease. Por baixo dos elmos deviam estar de bocas abertas, babando. Esta era sua maior arma, o efeito surpresa.

Assim que a saia começou a cair, sentiu que estava livre. Vestida apenas com uma blusinha e de anáguas podia se movimentar livremente, incluindo as pernas e tinha como usar sua velocidade. Foi o que fez.

Decidiu que atacaria primeiro a dupla da direita. Sem comando os soldados costumam ficar mais vulneráveis. Quando a saia chegou ao chão ela saltou como um raio, sabia que olhos humanos não poderiam acompanhá-la se fosse rápida. Cobriu toda a escadaria que faltava num único salto e chegou ao chão já correndo na direção da primeira dupla.

Cerca de dois metros antes de alcançá-los ela pulou novamente, lançando seus pés à frente, na direção das pernas do primeiro soldado. Com a velocidade que vinha nem precisou de força para quebrar os ossos dos dois joelhos. O impacto foi suficiente para atirar o primeiro homem de encontro ao segundo. Ainda aproveitando o impulso, passou pelo soldado que caía gritando de dor. De passagem, pegou alguma coisa no lado de dentro da bota dele, facilitada pela posição das pernas quebradas. Era realmente uma afiada faca de caça.

O segundo soldado tinha sido desequilibrado pelo impacto com o companheiro, mas não chegou a cair. Estava recuperando o equilíbrio e tentava mover a espada em sua direção, mesmo sem vê-la. Devia ser puro reflexo. Estava escorregando por baixo dos dois e não esperou para ver no que dava: rapidamente levantou seu braço e usou a faca para golpear o oponente com força, na junção entre o corpo e a perna da armadura. Ouviu o segundo grito, quando a faca entrou até o cabo. Puxou-a de volta. Aqueles dois estavam neutralizados por alguns minutos, faltavam quatro.

Girou o corpo com a mesma velocidade, se levantou e avaliou o que os demais estavam fazendo. Os dois do outro lado do tapete estavam se recuperando do susto, e tentavam decidir se levantavam ou abaixavam o escudo, temendo outro ataque nas pernas. Os dois na entrada estavam se abaixando por trás dos escudos, e moviam as mãos na direção dos coldres. Ganharam sua atenção, sem saber que isto era fatal.

Alana disparou na direção da primeira armadura que tinha uma besta, e usou a faca para cortar as tiras que a amarravam. No mesmo movimento, cortou também as tiras da algibeira, cheia de setas. Agora tinha três objetos para segurar com duas mãos. Tinha que se desfazer de um deles.

Correu para o outro lado do salão, passando bem no meio das duas duplas. Sem parar, atirou a faca na direção do primeiro soldado perto da porta, mirando a abertura do elmo, bem num olho. Não era uma maçã, mas acertou em cheio, mais um grito. O impacto empurrou o soldado de encontro ao seu companheiro, desequilibrando mais um, que agora estava caindo. Era o tempo que precisava para carregar a besta. Segurou a aljava com os dentes, para liberar as mãos. Com sua força esticou a corda do arco, prendeu no gatilho e encaixou uma seta, sem parar de correr.

Parou, se virou para o fundo e disparou a primeira seta no olho do soldado que estava de frente para ela. Era quase do tamanho de uma cebola pequena, acertou mais uma.

Se virou novamente para a entrada. O segundo soldado estava se levantando tentando se desvencilhar do que tinha a faca no olho. Se apoiava no escudo, tentando proteger a cabeça e estava meio de lado, deixando o corpo exposto. A segunda seta entrou na junção entre o braço e a armadura, penetrando totalmente no pulmão. O sujeito desmoronou com um baque seco, nem sequer gritou. Ainda faltava um.

Não podia ficar parada, para não ser vista. Correu de novo atravessando o salão, desta vez indo para perto da escada. O último soldado em pé, tentava se esconder atrás de outra armadura, abanando a espada rapidamente em movimento de leque, na altura do abdômen, enquanto protegia o tórax e a cabeça com o escudo. Realmente era um soldado bem treinado. Mas para abanar a espada ele precisava levantar um braço. Ela só precisou correr para o lado daquele braço, se abaixar e usar a terceira seta, perfurando mais um pulmão.

Pensou que a luta estava terminada, quando viu aquele que parecia ser o comandante, o que estava com os dois joelhos quebrados, segurando uma pistola e tentando fazer pontaria em sua direção. A besta estava descarregada. Correu para o outro lado do salão, em movimento circular se aproximando do soldado. Chutou a mão dele com tanta força que deve ter quebrado alguns ossos, arremessando a pistola para longe.

Nem perdeu tempo gastando munição, apenas se abaixou, segurou a cabeça do homem com elmo e tudo e quebrou seu pescoço. Muito fácil. Olhou para o outro soldado caído, o que tinha sido esfaqueado na virilha. Ainda respirava, mas não se mexia, devia estar desmaiado. Não representava perigo.

Enquanto estava abaixada, com todos os soldados neutralizados, pegou o cinto do que tinha o pescoço quebrado, onde havia outra faca de caça e uma adaga. A bainha da espada estava vazia, mas nem se preocupou em descartá-la. Dispensou o coldre. Colocou o cinto nela mesma, onde prendeu a algibeira ainda com muitas setas, carregou a besta e se dirigiu para a porta, andando lentamente enquanto tentava normalizar a respiração. Toda a luta tinha durado apenas um minuto.

Antes de chegar a porta pode ouvir o barulho. Havia soldados correndo e se aproximando, atraídos pelos gritos. Chegou para o lado e esperou. Eram dois. O primeiro que entrou ganhou uma seta no olho. Enquanto caía, o segundo foi presentado com a adaga. Passou por cima dos dois corpos para chegar a porta, sempre evitando o sol diretamente. O salão já estava ficando empoçado de sangue, com seu forte e delicioso cheiro, mas ela tinha mais o que fazer.

Viu que no centro do pátio havia uma carroça diferente, com dois cavalos atrelados e vazia. Imaginou que aqueles dois últimos soldados deviam estar nela, quando ouviram os gritos. Tinha outras pessoas no pátio, mas estavam mais distantes. Não viu outros soldados, mas sabia que havia mais.

Observou melhor a carroça. Parecia dividida em duas partes. Embaixo da boleia tinha uma cabine fechada, como se fosse uma carruagem. Na parte de traz tinha grades como as de uma jaula. Era isto. Aqueles malditos pretendiam levá-la numa jaula, enquanto seguiriam confortavelmente na parte da frente. Que atrevimento, teve vontade de matá-los novamente, se já não estivessem mortos.

Precisava se livrar destes malditos, de todos os Caçadores que vieram caçá-la como se fosse um animal. Se voltasse para dentro nunca mais estaria livre. Teve uma ideia, perigosa, mas que serviria como cortina de fumaça.

Deu alguns passos para trás, evitando pisar no sangue, carregou novamente a besta como garantia, e saiu correndo em disparada, na direção da carruagem, em plena luz do dia.

Tinha velocidade suficiente para não ser vista por olhos humanos, mas logo percebeu que o sol não era humano. Os primeiros raios que atingiram sua pele pareciam uma dezena de adagas rasgando, penetrando fundo, queimando. A dor foi terrível, teve que cerrar os dentes para não gritar.

Teve forças para descer a escadaria, mas ao chegar ao pátio se sentia fraca, toda sua pele cheia de bolhas e fumegando, seu corpo já não enviava todo o sangue para suas pernas. Sentiu que perdeu velocidade. As pessoas agora podiam vê-la correndo, empunhando uma besta carregada em frente do rosto, usando um cinto masculino com a bainha da espada batendo em suas pernas, de anáguas e blusinha que expunham quase todo o seu corpo sendo torrado pelo sol. Devia estar lindérrima. Continuou correndo até chegar na carroça, subiu, pegou os arreios e atiçou os cavalos. Todo seu corpo doía pavorosamente, mas ela não podia parar.

Passou pela primeira ponte levadiça. Antes de chegar à segunda viu outro soldado correndo para fechá-la. Daria tempo para a carroça passar, mas não com ela na boleia, seria pega pelas lanças da porta corrediça que já começava a baixar.

Agiu por reflexo, sem pensar. Segurou com uma mão na beirada da carroça, saltou para fora da boleia com um movimento circular e caiu dentro da carruagem.

No último segundo, conseguiu sair do castelo pela estrada que cortava em direção da floresta. Havia sombra dentro da carruagem que lhe permitiu respirar, mas a dor ainda era lancinante. Assim que entrou na floresta, na primeira curva, saltou para fora da carroça e correu para a sombra das árvores, num ponto onde não seria vista do castelo. A carroça continuou em disparada, agora vazia.

Mesmo com as dores insuportáveis entrou correndo para as sombras da floresta, procurando não deixar rastros, pisando apenas em troncos e pedras, como havia aprendido antigamente com os batedores.

Rapidamente encontrou a entrada de uma das passagens secretas e entrou no subterrâneo. Que alívio aquela escuridão. Voltou ao castelo cambaleando pelos túneis escuros, saindo na adega. Com toda aquela confusão, era um local que com certeza estava deserto. Seguiu para um canto escuro onde pode se esconder atrás de uns tonéis de vinho e descansou por quase duas horas, até sua pele se recompor das queimaduras. Se tivesse sangue fresco só precisaria de uns minutos, mas não quis quebrar sua dieta, principalmente cheio de Caçadores por perto.

Assim que se sentiu melhor, voltou aos seus aposentos, usando outra passagem secreta. Só se movia pelas sombras, evitando ser vista ou ouvida. Pelo caminho ouvia trechos de conversas, dos criados e de alguns guardas.

Todos os soldados haviam saído em perseguição pela floresta, ainda não haviam voltado. Os que ficaram, guardas e criados, não entendiam o que estava acontecendo. Alguns diziam que os soldados de negro eram exorcistas, enviados pelo Papa. Tinham tentado livrar a Duquesa da influência do demo. Ninguém sabia o que tinha acontecido com ela, estava desaparecida. Alguns diziam que tinham visto o próprio coisa-ruim fugindo apavorado do castelo, usando anáguas e queimando com o fogo das profundezas por todo o corpo. Outros confirmavam isso dizendo terem visto até os chifres e o rabo do coisa-ruim.

"Chifres e rabo? Mas isto é ridículo!"

Se pegasse quem disse isso, esqueceria sua dieta na hora.

Em seu quarto pode se lavar, para refrescar a pele, trocou de roupa vestindo um traje de montar escuro, arrumou uma mochila de viagem com todas as suas joias e outra muda de roupa. Pegou alguns mapas que vinha guardando há algum tempo. Sabia que sua vida no castelo havia terminado, mas não podia levar muita coisa. Seu casamento tinha sido um erro o tempo todo, pobre Ferdinand.

Deu uma última olhada em suas roupas, seu quarto, sua vida na Corte, e depois voltou até a adega. Era obrigada a esperar até anoitecer para poder partir. Aquele maldito sol, tinha que prolongar até este momento de tristeza.

Logo que anoiteceu saiu do castelo pela passagem, para a floresta. Não viu sinais de soldados, deviam ter suspenso a busca. Correu rapidamente para oeste, na direção dos Alpes. Um dos mapas mostrava onde ficavam os vales que ela usaria para atravessá-los. Do outro lado estava a Alemanha e em seguida o seu próximo destino, a França. Era verão, ela imaginou que em alguns dias já teria atravessado. Outro erro, quase fatal.

48 — O anjo

O verão aquecia os vales durante o dia, mas ela só podia viajar depois que escurecia. Sem o sol a temperatura caía abruptamente, era quase impossível viajar a noite. Humanos não conseguiriam. Para piorar precisava se esconder do sol durante o dia, em cavernas ou qualquer protuberância que tivesse sombra. Sombras significavam mais frio, quase morreu congelada ainda no primeiro dia. E não tinha trazido roupas adequadas.

Na segunda noite precisou atacar um caçador. Não bebeu o sangue dele, embora estivesse precisando, apenas quebrou seu pescoço. Conseguiu um casaco de pele de urso, botas e armas. Ele tinha alguma comida, que ela também pegou. Era uma questão de sobrevivência. Deixou o corpo em um local onde seria facilmente encontrado por ursos ou lobos.

Desta forma estava melhor equipada para prosseguir viagem. Mas tinha vários inconvenientes. As botas eram enormes para seus pés, precisou enchê-las de retalhos das roupas do homem. Pelo menos aqueciam. E não podia correr vestida daquele jeito, com aquelas botas e casaco. Teve que caminhar vagarosamente por toda a noite, procurando sombras onde se esconder de dia, o que atrasou tudo. Conseguiu atravessar os Alpes a pé, mas demorou quase dois meses, pois não conhecia as melhores rotas, baseada apenas em um mapa. Várias vezes se deparou com abismos, que a forçavam a voltar e tentar outro caminho. Mas nunca desistiu.

Quando chegou em território alemão, saindo das montanhas geladas, já era começo do outono. Foi quando percebeu que seria muito difícil chegar ao destino.

Deduziu que Alemanha e França tinham se declarado guerra enquanto ela cruzava os Alpes. Havia tropas correndo para todo os lados. Evitando qualquer contato com soldados, sempre viajando a noite, ela conseguiu chegar a Saarbrüken, uma cidade alemã a cerca de cinquenta quilômetros da fronteira. Do outro lado das divisas o mapa indicava a cidade de Nancy, já em território Francês. O inverno estava se aproximando e já tinha experimentado sua dose de gelo e neve, precisava de um abrigo.

Nas redondezas da cidade encontrou um moinho, aparentemente abandonado. Ao lado do moinho havia um estábulo e uma pequena choupana. Parecia que todos os camponeses já haviam fugido da guerra, mas ela viu fumaça na chaminé da choupana e ficou dois dias observando, conferindo se seria seguro se esconder do inverno ali. Viu apenas um velho moleiro que não parecia perigoso.

Na madrugada da segunda noite decidiu se arriscar. Foi até o estábulo e entrou. Era bem grande, havia até uma carroça estacionada lá dentro além de várias baias para cavalos, mas só uma ocupada. Achou um lugar para se esconder numa baia vazia, cheia de palhas e se deitou para descansar um pouco. Desde que saíra do castelo meses antes, não sabia o que era dormir em um lugar macio e aquecido. Mal se deitou numas tábuas cobertas de palhas e adormeceu profundamente.

Acordou no final da tarde, sentindo um calor gostoso e um corpo dolorido. Demorou um pouco até perceber que o calor vinha de um cobertor que a estava cobrindo. O corpo dolorido era por ter dormido sobre tábuas. Ouviu um barulho que pareceu uma porta se fechando. Ainda sonolenta olhou em volta e não viu ninguém. Se levantou e começou a juntar suas coisas. Não sabia de onde ou como aquele cobertor tinha surgido, apenas o dobrou e colocou no chão. Ouviu novamente um barulho de porta, poucos minutos depois.

Desta vez, ao se virar ela viu o velho se aproximando. Ele trazia o que parecia ser uma tigela fumegando. Parou há poucos metros dela, e sem dizer nada, estendeu os braços oferecendo a tigela. Mesmo de longe sentiu o cheiro da sopa e aquilo mexeu com seu estômago. Não era a sede, era fome mesmo. Pegou a tigela, tinha uma colher dentro. Começou a tomar a sopa, um caldo de legumes com farinha, quente e deliciosa. O velho esperou que ela terminasse, e sem dizer uma palavra, apanhou a tigela de volta e saiu pela mesma porta pela qual tinha vindo.

Estava se sentindo bem mais forte agora, depois do sono e da sopa. Juntou suas coisas e saiu para a noite. Mas não sabia para onde ir. Circulou em volta do moinho, cobrindo um raio de quase um quilômetro sem ver ninguém, nem soldados nem camponeses. Concluiu que o velho devia estar sozinho. Voltou para o estábulo, parecia um lugar acolhedor depois do que tinha passado nos últimos meses.

Quando o dia raiou ainda estava acordada. Viu quando o velho veio desde a choupana até o estábulo, arreou o cavalo na carroça e saiu. Na carroça tinha visto alguns sacos cheios do que parecia ser farinha. Ele voltou cerca de quatro horas depois. Estacionou novamente a carroça e soltou o cavalo. Foi até uma porta lateral que dava para o moinho e a abriu. Depois voltou até a carroça, e com muito esforço pegou um pesado saco, colocou sobre o ombro e o levou para dentro. Ela compreendeu imediatamente: o moleiro saía para buscar grãos de outros camponeses, os trazia para moer e depois levava a farinha de volta. Provavelmente ficava com um pouco dela como pagamento. Mas estava velho e sozinho, aquela vida devia ser muito penosa.

Sem saber porque, decidiu retribuir a tigela de sopa e o cobertor com que tinha sido recebida. Foi até a carroça, pegou outro saco dos dois que ainda estavam ali, jogou no ombro sem esforço nenhum e seguiu atrás do velho. Deixou aquele saco de grãos ao lado do que ele levara e voltou para buscar o último. O velho não disse nada, apenas sorriu com uma boca desdentada.

Ficou observando enquanto ele colocava os grãos na moenda, esperava a roda girar e transformá-los em farinha, depois recolhia tudo e colocava nos sacos novamente. Ficou horas observando o velho trabalhar. Quando o primeiro saco ficou cheio ela se antecipou, o colocou sobre os ombros e levou até a carroça. Depois fez o mesmo quando o segundo encheu. Desta vez o velho falou:

— Obrigado.

No meio da tarde fizeram uma pausa para o almoço. O velho acenou para que ela o acompanhasse até a choupana. Todos os cômodos estavam ligados por portas internas, não precisou caminhar sob o sol. Era um lugar bem humilde, com poucos móveis: uma cama de casal, poucos armários, um sofá já bem gasto, uma mesa e algumas poucas cadeiras. No fogão de lenha alguns caldeirões eram mantidos aquecidos. Sentiu novamente o cheiro de sopa de legumes, e percebeu que estava faminta outra vez. O velho lhe apontou uma cadeira e foi encher duas tigelas com a sopa. Aceitou quando ele lhe ofereceu uma. Não trocaram nenhuma palavra enquanto comiam.

Terminada a refeição, tinham que voltar ao trabalho. Antes de sair da choupana o velho apontou para o sofá e falou, a segunda e última vez naquele dia:

— Se quiser, pode dormir ali.

Quando o inverno chegou ela já estava habituada com a rotina: descarregava a carroça, levava os sacos até a moenda, moía os grãos, enchia os sacos de farinha e os devolvia para a carroça. O velho estava mais fraco a cada dia, mal conseguia levar a carroça pela manhã e trazer novos grãos. Ainda tinham um bom estoque de farinha para o inverno todo. Ela também havia colhido legumes na horta atrás do moinho, cortado lenha suficiente e até caçado alguns patos e coelhos para passarem o inverno. Não sabia porque ajudava o velho, mas sabia que tinha um abrigo seguro e aquecido. Ele nunca perguntou nada, nem mesmo sobre sua força. As tarefas domésticas podiam ser feitas de dia, as externas de noite. Ela não pretendia viver permanentemente daquele jeito, mas podia esperar até a primavera.

Quando a neve ficou mais espessa, o velho também piorou. Nem as sopas que ela preparava estavam ajudando. Ela tentou deixá-las mais fortes, acrescentando carne de pato, fazia pães com a farinha e ovos de pata, mas nada adiantava. No meio de dezembro receberam uma visita: outro velho, quase da mesma idade do moleiro. Deduziu que devia ser o médico da cidade, tinha vindo procurar notícias, já que o moleiro não aparecera para recolher grãos nas últimas semanas. Deixou os dois velhos conversando, pareciam ser amigos, enquanto cuidava dos afazeres diários. Nunca tinha visto o velho tão tagarela, parecia que ele tinha vergonha de falar quando estavam sozinhos.

Estava preparando um bolo de milho quando ouviu um trecho de conversa, o velho dizendo ao médico:

— O Senhor enviou um anjo para cuidar de mim...

Era óbvio que falavam dela, mas ainda era um pensamento estranho, alguém se referir a ela daquela maneira, depois das batalhas sangrentas que tinha travado recentemente. Não tinha problema, nem ela e nem o velho faziam perguntas, podiam conviver até a primavera.

O médico deixou alguns xaropes e unguentos, disse que voltaria depois do ano novo e partiu, evitando a próxima nevasca. Não adiantou nada, o moleiro morreu duas noites depois do Natal. Alana precisou cavar muita neve, num local mais afastado atrás do moinho e longe da horta, até chegar na terra e conseguir fazer uma cova para enterrar o velho. Podia simplesmente ter jogado o corpo para os lobos, mas alguma coisa lhe induzia a retribuir a acolhida que tivera. Os samurais teriam dito que isso foi honroso. Ela tinha força, velocidade e estava aquecida e alimentada, não de sangue, mas pelo esforço do velho. Valia aquele trabalho.

Quando o médico voltou, depois do ano novo, ela comunicou o ocorrido e indicou onde havia feito a cova. Pediu ao médico que fizesse uma oração, informando que não participaria por ser estrangeira. Era a derradeira coisa que podia fazer pelo velho moleiro. Informou que partiria assim que o tempo melhorasse.

Nos anos seguintes foi o médico quem trazia uma carroça com grãos uma vez por semana, enquanto levava outra cheia de farinha. Algumas vezes até pagava pelo trabalho com algumas moedas. Em tempos de guerra ninguém fazia perguntas.

49 — Daywalker

Ao ficar sozinha pelo resto do inverno, só moendo grãos sem ter mais nada para fazer, viu que podia ficar louca. Precisava de algum desafio. Só podia andar à noite, quando o frio era intenso. Para suportar, só usando o casaco de pele de urso. Durante o dia perambulava pelo moinho, o estábulo e a choupana, eram seu mundo, minúsculo. Se sentia prisioneira do sol, condenada a solidão. Decidiu que precisava lutar, mais uma condição de sobrevivência.

Tão logo começou o degelo da primavera, teve outra de suas ideias malucas. Sabia que a guerra estava correndo solta na fronteira, a apenas cinquenta quilômetros. Numa corrida à noite, seria uma ou duas horas para chegar até o campo de batalha, dependendo das condições do terreno. Haveria centenas de soldados se matando uns aos outros, uma enorme provisão de sangue fresco. Teria que abrir mão de sua dieta, mas seria só por algum tempo.

Quando anoiteceu, vestiu seu traje de montar quase negro, memorizou os mapas que tinha, se armou da besta, de algumas setas e de uma faca de caça e partiu em disparada em direção do campo de batalha, guiada pelo barulho de tiros de canhões. O frio já não estava tão intenso.

Ao se aproximar constatou o caos da batalha. Os dois exércitos, tanto o alemão quanto o francês, haviam cavado profundas valas que percorriam o terreno por quilômetros. Os soldados se protegiam dentro das valas, entrincheirados, disparando metralhadoras e fuzis dos dois lados. Entre as valas havia pilhas de sacos de areia, montes de arame farpado, crateras onde havia caído as balas dos canhões e muitos restos de corpos. O cheiro nauseabundo da morte se espalhava em todas as direções. Era pior do que todas as batalhas que podia imaginar.

Quis sair dali rapidamente, mas tinha um objetivo. Procurou um ponto onde pudesse se aproximar da trincheira, sem ser metralhada. Estava atrás da linha alemã e os soldados não esperavam um ataque pela retaguarda, mas isto significava que estava de frente para o fogo francês. As trincheiras também avançavam para longe da linha de batalha, mas naquela direção parecia que só haviam feridos e soldados sem condições de batalha. Ela queria sangue fresco e forte.

Viu um soldado que devia ser uma sentinela num posto avançado, sozinho. Era sua melhor presa. Estava de costas, mas o terreno até chegar a ele era bastante irregular. Caminhou vagarosamente entre o arame farpado, os buracos, os montes de terra até chegar perto o suficiente para saltar sobre o soldado. Bastou um soco potente para nocauteá-lo. Pegou o soldado, jogou sobre o ombro como se fosse um saco de grãos e fez o caminho inverso, se afastando das trincheiras pelo mesmo caminho que tinha trilhado, voltando para o moinho.

Estava de volta no meio da madrugada, trazendo o soldado ainda desacordado. Levou-o para a baia mais afastada da entrada do estábulo, quebrou seu pescoço antes que acordasse e o pendurou de cabeça para baixo numa corda presa ao teto, como os samurais faziam para drenar alguém. Usou a faca de caça para fazer um corte no pescoço do homem e deixou o sangue escorrer para um caldeirão. Já tinha visto aquela operação ser feita centenas de vezes, mas era a primeira vez que ela mesma a executava, e sozinha. Ainda bem que não tinha mais o cavalo do velho, que se assustaria com o cheiro de sangue. O animal tinha sido levado pelo médico junto com a carroça. O traria de volta quando viesse buscar a outra. Não haviam muitos cavalos na cidade e aquele seria usado na troca das carroças.

Depois de recolher todo o sangue do soldado, levou o caldeirão cheio para perto da porta, onde já tinha posto uma tigela limpa sobre uma cadeira e uma corda enrolada, no chão. Estava pronta para mais uma batalha, só faltava seu inimigo chegar.

O sol já estava alto quando ela tomou coragem para iniciar a briga. Amarrou uma ponta da corda numa coluna firme que sustentava o estábulo, amarrou a outra ponta na própria cintura. Encheu a tigela com o sangue do caldeirão. Abriu a enorme porta que permitia a passagem da carroça e deixou a luz forte entrar.

Vagarosamente saiu do estábulo em direção ao dia, segurando a corda e a mantendo esticada. Os primeiros raios do sol penetraram sua pele como adagas, como ela esperava. A dor foi instantânea. Como da outra vez, cerrou os dentes para não gritar. Deu mais alguns passos para a frente, lentamente, tentando resistir à dor e à fraqueza. Sua pele formava bolhas e parecia ferver.

Quando achou que estava no seu limite, que ia desmaiar, puxou a corda com força e voltou para a sombra do estábulo. Se arrastou até a tigela e bebeu todo o sangue fresco. Seu corpo reagiu imediatamente, revigorando sua pele em poucos minutos.

Descansou por cerca de meia hora, até se sentir completamente revigorada. Então se levantou, encheu novamente a tigela e saiu outra vez para o sol, repetindo tudo de novo.

Naquele primeiro dia conseguiu sair oito vezes para a luz, bebendo oito tigelas de sangue, até esvaziar o caldeirão. Quando anoiteceu levou o corpo do soldado de volta para as trincheiras. Nem precisou esconder o corpo, apenas o jogou numa pilha de mortos que já estavam lá. Guerras eram assim, havia corpos para qualquer lado, ninguém verificava se estavam drenados ou não, e pescoços quebrados eram comuns, consequência das explosões. Não só pescoços, todos os ossos quebrados eram comuns. Facilitava muito a vida, ou a manutenção da morte, dos que dependiam de sangue alheio.

Capturou outro soldado, o levou desacordado para o moinho e repetiu tudo de novo. Desta vez nem quebrou o pescoço, viu que não era necessário, já que não pretendia mordê-lo. Passou a ser sua rotina, nos dias e noites seguintes. Tomava cuidado para não deixar nada visível, quando o médico vinha trocar as carroças. Podia moer grãos nas folgas entre as batalhas.

Uma semana depois, já conseguia ficar dez minutos sob a luz do sol. Um mês depois e aguentava uma hora; o autoflagelamento estava dando certo. Já não precisava da corda, conseguia sair e voltar depois de uma caminhada em volta do moinho. A pele ainda formava bolhas e fumegava, a dor continuava terrível, mas o corpo estava aprendendo a resistir a tudo. Depois do sacrifício, uma tigela de sangue fresco e ficava nova em folha, sem nenhuma cicatriz.

Com o tempo já não precisava mais de um soldado por dia, conseguindo espaçar as caçadas. Aprendeu a seguir o andamento das trincheiras, até mesmo visitando o outro lado. Pegava soldados independentemente de uniformes, tanto alemães, como franceses, italianos e outros estrangeiros, sempre tomando cuidado para não atrair a atenção. Agir sozinha facilitava.

Durante o tempo cada vez maior que demorava para beber o sangue, aprendeu a conviver com a pele ferida fumegante, cheia de bolhas, doendo muito e muito vermelha. Até chegar o momento de se alimentar ficava parecendo um monstro. Enquanto estava sob o sol até os patos e coelhos que a viam fugiam apavorados, embora a solidão fosse um mal necessário. Sempre se alimentava antes de trocar as carroças, protegida pela sombra do estábulo que mantinha a aparência normal e evitava qualquer suspeita. Depois que o médico partia, ficava horas sob o sol, como um monstro cozinhando. Nesses momentos gostava de cuidar da horta e até plantou um jardim. As verduras e legumes não fugiam dela e as flores pareciam sorrir. Eram as únicas amigas e companheiras.

A guerra de trincheiras na Primeira Guerra Mundial durou de 1915 a 1918. Foram três anos em que batalhou dolorosamente para vencer o sol, à custa de uma centena de soldados. Não sabia se a pele desistiu de fazer bolhas ou se apenas tinha se acostumado com o sol, mas durante aqueles anos ela se tornara resistente. Já podia caminhar a luz do dia sem sentir nada. A pele ainda ficava um pouco corada quando o sol estava muito quente, mas achou que aquilo devia ser normal.

Alguns meses antes da guerra terminar, enquanto trocava o cavalo das carroças, o médico perguntou se ela tinha algum documento. Não esperou pela resposta e informou que um cartório abriu na cidade, onde estavam fazendo novos documentos para quem tinha perdido tudo na guerra: parentes, casa, maridos e papeis. Até uma estrangeira poderia conseguir um passaporte, se fosse viúva de um alemão, desde que tivesse algumas moedas.

Caso ela desejasse, ele podia ajudar a conseguir os documentos. Ela entendeu o recado. Nas ultimas visitas ao campo de batalha, conseguiu encontrar documentos de um soldado alemão e até de um francês. Deduziu que na França também havia viúvas precisando de documentos novos.

O doutor a ajudou a conseguir um passaporte alemão e quando atravessasse a fronteira, obteria outro na França, num cartório local. Não importa quem vencesse a guerra, teria documentos do vencedor para poder seguir adiante.

Na primavera de 1918 decidiu que era hora de partir.

Arrumou as poucas coisas na mochila, roupas, joias e moedas, trancou todas as portas, fez uma última visita silenciosa ao túmulo do velho e saiu para a estrada, caminhando lentamente. Na bagagem só levava uma faca de caça, sem nenhuma outra arma. Para ela, a guerra havia terminado.

Seguia na direção da cidade, numa ensolarada manhã, sentindo no rosto e nos braços as agradáveis carícias que eram feitas pelo ex-inimigo, o derrotado sol. Decidiu retomar a dieta onde tinha sido interrompida, sete anos e dez meses. Como estava saindo de uma overdose de sangue fresco, a próxima refeição foi marcada para junho de 1925.

Nos últimos anos aprendeu muitas coisas. Sabia que não tinha família, não tinha amigos, não tinha marido. Daquele ponto em diante tinha que ser nômade, não podia se fixar em nenhum lugar. Na cidade, Saarbrüken, visitaria o médico para comunicar sua partida e entregar as chaves do moinho. Pretendia comprar roupas novas, botas novas e tentaria encontrar um transporte até a França.

Depois iria para a Itália, Inglaterra, qualquer lugar. Tinha opções: podia escolher entre viajar à noite, correndo rapidamente e sozinha, ou viajar lentamente, durante o dia, misturada com os humanos.

Optou pelo dia, queria experimentar a sensação de ser realmente invisível. Para trás só deixava uma última carroça cheia de sacos de farinha.

Parte 8 — Morrer por amor

50 — Planos finais

Faltava apenas uma semana para o dia marcado. Claudius estava ansioso, embora tentasse não demonstrar. Enquanto todo mundo fazia preparativos para o Natal e o Ano Novo, ele planejava sua partida definitiva deste mundo. E o pior, estava extremamente feliz fazendo isto.

Os últimos três meses tinham sido melhores do que jamais ousara imaginar. Estava com a mulher que adorava, que se revelou uma amante e companheira excepcional, tinha fundado uma empresa que ia de bem a melhor, poderia deixar suas filhas em segurança, o que mais poderia desejar da vida?

Nas últimas semanas tinha conversado muito com Alana, definindo qual seria o melhor plano. Tinha feito vários seguros de vida, todos deixando suas filhas como beneficiárias. Havia insistido que ela também devia se beneficiar de algum, mas Alana tinha sido inflexível: não precisava de nenhum seguro. Dissera que tinha como se manter, que tinha planos para depois que aquilo estivesse terminado. Nunca ficava muito tempo num lugar só, pois seria muito perigoso. Ela já tinha lhe contado muitas peripécias pelas quais havia passado nos últimos duzentos e oitenta anos. Contou que provavelmente era caçada pelos vampiros de quem fugira e por caçadores de vampiros. Qualquer um que a capturasse lhe ofereceria uma morte certa. Ele ficou arrepiado só de pensar, rejeitando a ideia de ser o responsável caso ela fosse descoberta.

Depois das conversas, ele se descobriu ainda mais apaixonado. Via Alana como uma guerreira sofrida, batalhadora. A vida pós-morte dela não foi fácil. Embora ela dissesse que havia matado antes, várias vezes, ele entendia que em todas havia sido em legítima defesa quando acuada, ou apenas para se alimentar, como faria mais uma vez. Não conseguia ver maldade nela.

Sadicamente, ou seria masoquistamente, se sentia orgulhoso por poder oferecer o próprio sangue para alimentar aquela mulher tão maravilhosa.

Voltando aos planos, se a operação não fosse bem-feita, os seguros não pagariam os prêmios, ou pior ainda, Alana podia ser envolvida.

Depois de muitas conversas decidiram que teriam que simular um acidente. Alana contou que a prática normal dos vampiros era sugar o sangue através de uma mordida no pescoço ou outra artéria vital, quebrar o pescoço da vítima e depois esconder o corpo, de alguma forma que nunca fosse descoberto.

Nada disso serviria no caso dele. Desaparecimento não era coberto pelos seguros. Pescoço quebrado e corpo sem sangue seriam facilmente descobertos numa autópsia, o que iria gerar muita confusão e expor Alana. A melhor solução seria incinerar o corpo, para esconder a falta de sangue. O pescoço quebrado tinha que ser consequência de alguma queda. Para juntar as duas coisas tinham que simular uma batida de carro, com incêndio.

O plano foi elaborado em conjunto. Alana gostava de planejar.

A ideia era fingir preparar um churrasco para o Natal. Na quinta-feira seguinte, dia 20 à tarde, Claudius iria até um supermercado fazer as compras. Compraria muitos produtos inflamáveis: carvão, álcool, acendedores de carvão, fósforos, várias garrafas de uísque e de vodca. Encheria o tanque do carro com gasolina até a boca. Distraído, ele "esqueceria" tudo no carro, no banco traseiro, para guardar no dia seguinte.

À noite ambos ficariam no apartamento. Tinham pensado em ir para um motel, mas haveria registro dos dois juntos, o que não seria adequado para o plano. Depois da refeição de Alana, ela levaria seu corpo até o carro e sairia como se estivesse indo buscar mais alguma coisa no supermercado. O carro tinha insulfilme e ninguém veria quem estava dirigindo.

Antes de chegar ao destino, ela pararia o carro num local cheio de curvas, com pedras altas de um lado e um alto barranco em declive do outro. Já tinham estudado o local. Ela sairia do carro, poria o corpo no banco do motorista e deixaria o carro ligado seguir na direção do barranco. A queda justificaria qualquer pescoço quebrado. Precisaria se certificar de que o carro pegaria fogo. Se não acontecesse na queda, usaria sua velocidade para dar uma ajudazinha, indo até os destroços e acendendo algum daqueles inflamáveis.

Depois voltaria correndo até o apartamento, sem ser vista. Quando a notícia chegasse ela teria que estar dormindo. Tudo teria que parecer um acidente, fatal. Iriam perder um carro, mas era velho e também estava segurado.

Depois de tudo, Alana estaria livre e alimentada, suas meninas seriam proprietárias da empresa e teriam o dinheiro dos seguros para iniciar vidas independentes. E ele estaria morto, porém realizado em todos os sentidos.

Só faltava uma semana.

51 — Fantasmas e maldições

A sede já estava insuportável, mas Alana continuava firme em seus propósitos. Os últimos três meses na companhia de Claudius tinham ajudado bastante a encarar aquele período. Admirava Claudius, ele parecia ter uma alma, ou um coração, de samurai. Era um homem que se esforçava ao máximo para cumprir o acordo que tinha feito. Estava traçando os planos para a própria morte e ainda se preocupava em protegê-la. Não se lembrava de ninguém mais que tivesse agido assim em toda a sua vida. E olha que ela entendia bem disto, já tinha morrido uma vez e depois tinha vivido literalmente por quase três séculos.

Lembrava-se claramente de todas as suas experiências, as boas e as ruins. Depois da Primeira Guerra Mundial tinha seguido para a cidade de Nancy, na França, já como uma Daywalker, uma vampira andarilha do dia. Ficou lá por poucos anos e foi conhecer a Inglaterra, mas não gostou de Londres por ser um local muito úmido. Poucos anos depois voltou para a Itália, seguindo para Nápoles.

Em todos esses lugares aprendeu a orbitar universidades, era onde podia se misturar com pessoas que aparentavam sua mesma idade, descompromissadas, sozinhas e tentando ser independentes, onde ficava mais fácil passar despercebida. Apenas mais uma na multidão. Nas primeiras universidades vivia como namorada de algum professor, geralmente eles eram solitários e podiam desaparecer depois de algum tempo. Ou ela mesma desaparecia quando se entediava ou se sentia ameaçada.

Depois começou a se matricular em alguns cursos e passou a ser uma aluna também. Não se preocupava em completar nenhum dos cursos, pois não queria diplomas, apenas conhecimento. Aprendeu sobre finanças com um dos seus namorados professores e abriu diversas contas de investimento em diferentes bancos, dividindo as joias que tinha e outros bens que recebia de presente, ou herança, das suas vítimas.

Quando a Segunda Guerra Mundial começou, em 1939, ela ainda estava na Itália. Não era aconselhável viajar em tempos de guerra, então acabou se alistando como enfermeira na Cruz Vermelha, apenas para ter o que fazer, aproveitando o fato de que não tinha nenhum medo de sangue ou de corpos mutilados. Ajudou a salvar muitas vidas, mesmo sem intenção. Os médicos não entendiam como uma enfermeira tão linda e frágil conseguia segurar pacientes durante amputações de membros destroçados, sem nenhum grito e nenhuma lágrima. Nas tendas da Cruz Vermelha foi onde conheceu brasileiros que falavam muito bem de sua terra natal, sempre ensolarada e alegre.

Quando a guerra acabou em 1945, ela partiu para conhecer a Espanha e depois Portugal. Aprimorou as duas línguas, embora já as falasse fluentemente. Voltou para a Itália em 1958.

Alguns dos bancos onde tinha conta haviam desaparecido durante a guerra. Em compensação, os que sobreviveram haviam investido no pós-guerra e suas contas haviam rendido juros sobre juros por muitos anos. Acumulou uma fortuna, podia se considerar rica. Transferiu seu dinheiro para novos bancos, internacionais. Incluindo dois cujas matrizes ficavam no Japão. Toda reconstrução depois de guerras era um investimento muito promissor.

Através dos bancos internacionais tinha acesso ao seu dinheiro estando em qualquer lugar do mundo. Os bancos tinham agencias nas principais cidades. Fazia transferências periodicamente de um banco para outro, mantendo as contas ativas. Foi dos bancos japoneses que transferiu dinheiro para ajudar sua mãe e Claudius, dizendo que eram fundos de empréstimos. Podia se dar ao luxo de fazer aquelas doações. Tinha muito mais, rendendo juros noite e dia.

Depois da Segunda Guerra, Trieste passou a ser um porto italiano e ganhou um aeroporto. No verão de 1959 estava estudando em Gênova e decidiu acompanhar um grupo de estudantes de história numa excursão a alguns museus austríacos. De Gênova até Trieste foi um voo doméstico. Na cidade precisaram esperar dois dias pelo voo internacional que os levaria a Salsbürg, na Áustria, onde ficariam outros dois dias fazendo pesquisas, depois seguiriam para

Viena e voltariam para Gênova. Enquanto a equipe esperava em Trieste, aproveitou para fazer uma visita a Ragain.

Logo que chegou à cidade achou uma estalagem que dava vista para o que tinha sido antes o majestoso castelo onde tinha vivido, mas ficou chocada ao ver só ruínas, à distância. O estalajadeiro que a recebeu era um velho que devia ter uns sessenta anos. Ela se apresentou como uma estudante de história da Universidade de Gênova e perguntou sobre o castelo. O velho lhe contou:

— Era o castelo dos Ghostenburg, uma família tradicional que acabou depois da maldição. O povo diz que é um local mal-assombrado.

Sua curiosidade foi despertada instantaneamente. Queria detalhes:

— Que maldição?

O velho continuou:

"Houve um exorcismo naquele castelo, no mesmo ano em que a Primeira Guerra começou. Alguns dizem que foi feito por soldados enviados de Roma pelo Papa em pessoa, outros que foi feito por mercenários contratados pelo primo do Duque Ferdinand, que Deus o tenha. Eu tinha 15 anos naquela época e trabalhava na cozinha do castelo como ajudante."

O velho estalajadeiro gostava de reviver aquelas lembranças e continuou a falar, sem parar:

"A esposa do Duque era muito jovem e meiga, um amor de pessoa. Eu a vi apenas umas poucas vezes, de longe, mas ainda lembro como era bonita, se parecia com a senhorita. Todos no castelo gostavam da Duquesa, ninguém acreditou quando ela foi acusada de feitiçaria. Alguns achavam que quem estava enfeitiçado era o primo do Duque, Sir Adolph, sempre querendo lhe roubar o título.

Foi Sir Adolph quem trouxe os soldados de negro, quando o Duque estava viajando. Trancaram todos os nossos guardas que foram pegos de surpresa e tentaram fazer o exorcismo ás escondidas, ninguém sabe direito o que aconteceu, se deu certo ou não. Várias pessoas que estavam no castelo naquele dia dizem ter visto o demônio fugindo, com chifres e cauda, queimando com as chamas do inferno..."

"De novo aquela história, será que ninguém pensa em outra coisa?'
— Ela pensou enquanto o velho continuava:

"A Duquesa desapareceu completamente desde aquele dia. Alguns dizem que foi sequestrada pelos soldados de negro, outros dizem que foi assassinada. Vários corpos foram retirados do castelo, mas todos escondiam quem eram os mortos. Os criados que foram limpar o grande salão disseram que havia poças de sangue por todos os lados, até nas paredes e nos tapetes. E roupas da Duquesa espalhadas pelo chão. Demoraram dias para limpar tudo."

— E o que aconteceu depois?

Era onde ela queria chegar.

"Dizem que o Duque Ferdinand enlouqueceu quando voltou. Alguns criados achavam que era outra mentira inventada pelo primo. O certo é que ele foi enviado para um hospital, algum tipo de sanatório para loucos, contratado por Sir Adolph, onde morreu quase um ano depois, sempre gritando que a esposa era inocente e chamando por ela.

Sir Adolph recebeu o título de Duque, mas foi por pouco tempo. Antes da guerra terminar ele quis participar de uma batalha na fronteira com a Sérvia, mas morreu por lá. Alguns soldados contavam que ele tentou cavalgar sozinho contra os inimigos, gritando que todos deviam se render ao Duque.... Outros contavam que ele foi morto por alguns dos seus próprios homens, aqueles que tinham servido na guarda pessoal da Duquesa e ainda eram fiéis a ela, os que nunca aceitaram a traição...

De qualquer forma a família terminou e todos os bens deles, incluindo os castelos, foram confiscados pelo Imperador. Este castelo foi usado como posto militar na Segunda Guerra e foi muito bombardeado. Ninguém mais quer ir lá, ainda tem muitos fantasmas e tem a maldição.... Dizem que o Duque Ferdinand ainda procura pela esposa e a chama todas as noites..."

Alana não queria ouvir mais nada. Deu uma gorda gorjeta para o estalajadeiro e se despediu, sentindo que tinha sido invadida por uma enorme tristeza. Ela era a maldição.

52 — Carol

Em 1960 viajou para o Brasil, como turista. Adorou o país, o clima, as pessoas e decidiu que ficaria por algum tempo. Nunca mais saiu.

Voltou a frequentar universidades, como namorada de professores ou como aluna; era onde se sentia viva e totalmente invisível.

Tinha bastante dinheiro para comprar todos os documentos que precisava. Seus documentos foram feitos com o nome de Alana Ghosten. Conviver com universitários possibilitava todo tipo de conhecimento e ter dinheiro eliminava qualquer problema. Só deixou o mundo universitário depois do acidente com Carol em 2003.

Carol era sua companheira de quarto na Unicamp, em Campinas, quando ambas faziam o curso de Hotelaria. Filha de mãe japonesa e pai brasileiro, mas mantinha traços orientais. Era uma jovem de 22 anos, alegre e divertida, que tinha ciúmes das notas de Alana. Notas sempre boas, já que vampiros tinham facilidade de aprender. Carol era melhor em atividades físicas: natação, equitação, escalada, coisas que Alana evitava embora também pudesse se destacar, caso quisesse aparecer. Foram colocadas juntos no mesmo quarto devido a sua afinidade oriental.

Naquela data fatídica Alana estava há nove anos e quatro meses sem se alimentar de sangue humano e sofria com isto, esperando pelo dia em que quebraria seu último recorde: 20 de junho. Foi por isso que aceitou acompanhar aquele grupo em maio, num passeio ao Parque Nacional de Itatiaia, na divisa do Estado do Rio de Janeiro com Minas Gerais.

Formavam um grupo de dez alunos, divididos em três carros e acompanhados por um professor de educação física, que também praticava escaladas em rocha. Ficaram acampados no Parque por um final de semana. Ela desconfiava que o professor estava interessado em Carol, embora isto fosse proibido na universidade.

Ela por sua vez não tinha nenhum interesse em rochas ou subir em paredões, queria apenas observar melhor e se aproximar de um aluno de geologia, um "nerd" que também acompanhava o grupo. Era um rapaz solitário, dificilmente se misturava com os outros alunos, devia estar naquele grupo apenas para fazer algum trabalho de geologia ou coisa assim. Era um alvo em potencial para seu jantar do mês seguinte, alguém que podia desaparecer sem ser notado.

Na manhã do acidente ela foi acordada cedo por Carol, ambas dividiam a mesma barraca no acampamento. Carol estava excitada para subir num paredão no Maciço das Prateleiras, um imponente bloco de rochas situado a mais de 2400 metros de altitude, cercado por um terreno bastante irregular. Queria escalá-lo antes dos outros e já estar lá em cima quando eles chegassem. Alana percebeu que na verdade era só exibição. Foi quase arrastada, ainda sonolenta, já que não adiantou protestar. As duas usavam apenas camisetas, calças jeans e tênis. Atletas pareciam não sentir as baixas temperaturas do meio do ano, mesmo naquela altitude e Alana até já tinha experimentado temperaturas piores na Europa.

O Maciço era realmente um enorme paredão com cerca de 50 metros de altura, sem apoios, e cheio de perigosas pedras pontiagudas. Carol achou lindo, Alana achou que estava sobrando. Enquanto Carol subia, lentamente, depois de colocar seu equipamento, Alana foi dar um giro pelas redondezas, também queria se exercitar. Não era uma floresta e nem era noite, mas ela queria correr um pouco. Deu várias voltas em sua velocidade rápida, só para aquecer, num raio de alguns quilômetros para não ser notada e logo estava voltando para o paredão, completamente distraída, quando ouviu um grito abafado.

Reduziu a velocidade, se aproximando a passos humanos normais, quando viu Carol cambaleando em sua direção, a mão segurando um corte no pescoço, onde escorria um pouco de sangue. Tentava pedir ajuda, mas sua voz falhava com o esforço que tinha feito.

Alguma coisa aconteceu naquele momento: sua mente ainda estava correndo à noite numa floresta, a sede era terrível, o cheiro de sangue fresco era delicioso, aquela jovem e saudável atleta vindo em sua direção exibindo um corte sangrando no pescoço, tudo ao mesmo tempo. A sede assumiu o controle por conta própria.

Seus dentes caninos cresceram quase instantaneamente, seu cérebro apagou, seus olhos devem ter se transformado pela expressão de terror que Carol fez, quando ela saltou em direção daquele pescoço. Só retomou o controle quando o coração da amiga parou de bater e interrompeu o fluxo de sangue em sua boca. Um pouco tinha respingado em suas camisetas.

Só então tomou consciência do que tinha feito. Não era para ser assim, não tinha planejado nada disso. Carol não devia estar morta, seu alvo era o "nerd" e só no mês seguinte. Tinha sido fraca, derrotada pela sede, um mês antes do que planejara. E ainda precisava se livrar do corpo, para não complicar tudo ainda mais.

Respirou fundo, estava saciada mesmo sem ser o que queria. Pôs seu excepcional cérebro de estrategista, que agora estava acordado, para funcionar. Olhou em volta, só havia o canto dos passarinhos e o barulho do vento, ninguém tinha visto nada. Os outros estavam por chegar a qualquer momento, não podia perder tempo.

Levantou o corpo de Carol, colocou no ombro e correu em direção ao paredão, precisava saber o que havia acontecido ali. O terreno era bastante irregular, voltou a se lembrar de quando corria entre trincheiras carregando o corpo de um soldado. Era quase a mesma coisa, só não tinha arame farpado.

No sopé do paredão colocou o corpo no chão, cuidadosamente. Observando a enorme rocha viu manchas de sangue numa pedra pontiaguda, há cerca de 15 metros de altura. As cordas usadas por Carol ainda balançavam sopradas pelo vento. Deduziu que o vento a tinha atirado de encontro à pedra, onde ela sofreu o forte arranhão no pescoço. Como era realmente boa naquele esporte, apesar de ferida conseguiu descer se valendo da corda de segurança, e havia saído para procurar ajuda.

"Que pena", pensou, tinha encontrado a ajuda errada num momento errado.

Alana usou sua força e velocidade para subir pela corda de segurança até perto da rocha ensanguentada, encontrou outra pedra afiada e começou a arranhar a corda em que estava apoiada. Quando estava quase se rompendo, ela se jogou para trás, a corda não aguentou seu peso e arrebentou no mesmo instante.

Gritou bem alto enquanto caía.

Nunca tinha feito um salto livre de 15 metros. Quando chegou ao chão sentiu que seu tornozelo se torceu, doeu muito. Mas como havia se alimentado de sangue fresco poucos minutos antes, sua recuperação foi em segundos.

Observou bem onde tinha caído, a procura de alguma outra pedra saliente. Havia muitas pedras pontudas, uma se encaixava perfeitamente aos seus propósitos. Enganchou a corda partida no corpo de Carol, como se fosse ela que a estivesse usando, levantou novamente o corpo bem alto e o atirou ao chão com força, fazendo pontaria para que o pescoço acertasse a pedra pontuda. O estrago foi enorme. Carol quase foi decepada pela pedra, deu para ouvir ossos quebrando. Um resto de sangue escorreu para dentro das rochas.

O cenário estava pronto, faltava finalizar o espetáculo. Quando ouviu vozes e passos se aproximando, atraídos pelo seu grito enquanto caía, ela começou a gritar novamente bem alto, agora por socorro. Se jogou de encontro ao corpo caído, a abraçou e começou a chorar histericamente. As manchas de sangue nas duas camisetas se espalharam ainda mais.

O primeiro a chegar foi o professor que, mesmo chocado, entendeu imediatamente o que tinha acontecido. Viu a rocha ensanguentada no alto, a corda partida com uma ponta ainda dançando ao vento, a posição em que Carol tinha caído sobre a rocha que lhe tinha partido o pescoço, todo o sangue dela derramado nas pedras, a reação desesperada de Alana.... Tudo muito claro: Carol se feriu na rocha, deve ter sentido muita dor. Sem poder controlar, ficou à mercê do vento que fez com que a corda fosse partida e ela caiu direto sobre aquelas rochas.

Foi o que ele declarou para a polícia mais tarde, quando vieram buscar o corpo. Informou que ele mesmo tinha afastado Alana do local, com dificuldade, a pobre menina estava desesperada. Os outros alunos a levaram quase arrastada para um posto médico, onde precisou ser sedada. Foi terrível perder a amiga daquela maneira. Uma semana depois Alana confirmou tudo, quando foi interrogada. A polícia nem abriu um inquérito, apenas fez o registro de um trágico acidente. Não havia nada para investigar, aqueles alunos tinham estragado o local, até espalharam sinais de sangue por vários metros longe do local da queda. E nem precisava investigar nada num acidente como aquele.

No velório Alana foi procurada por dona Naomi, a mãe de Carol. Ficou sabendo que o pai de Carol havia falecido poucos anos antes, coisa que a filha evitava comentar. Carol era filha única e agora sua mãe tinha ficado completamente sozinha. Ela tinha ouvido sobre a reação de Alana durante o acidente, sabia quem tinha sido a última pessoa a ver sua filha com vida. Convidou Alana para morar com ela, ocuparia o mesmo quarto que fora da filha, agora vazio. Talvez juntas elas pudessem compartilhar melhor as lembranças que ficaram.

Alana reconheceu naquele pedido alguma coisa do velho que a tinha acolhido muitos anos antes. Uma doação sem perguntas. Por não ter alma e nem escrúpulos, viu uma oportunidade de se manter invisível pelos próximos dez anos, até sua próxima refeição. Era mudança de vida que vinha muito bem a calhar. Aceitou o convite.

Com o tempo dona Naomi passou a chamá-la de filha e ela naturalmente retribuiu a chamando de mãe. Aquilo deixava dona Naomi muito feliz, tinha perdido uma filha mas tinha ganhado outra. Alana ganhou uma mãe adotiva.

Estavam juntas há mais de nove anos, Alana sabia que era tempo demais. A qualquer momento alguém perceberia que ela não envelhecia. Precisava desaparecer em breve para continuar invisível. Como tinha sido derrotada pela sede, teve que remarcar o mesmo período do recorde anterior, mas acrescentou dois meses. A data da próxima refeição de sangue humano caiu em 20 de dezembro de 2012, exatamente nove anos e seis meses depois que havia se alimentado do sangue de Carol.

No início de 2012 estava considerando se dona Naomi seria seu próximo alvo. Era sozinha, não tinha mais ninguém e as duas podiam desaparecer sem deixar vestígios. O sangue da mãe podia ser tão bom quanto o sangue da filha. Mas Claudius tinha se apresentado, como voluntário.

Ir morar com ele foi o primeiro passo para se afastar da vida da mãe de Carol. Depois que se livrasse dele, ela mesma desapareceria alegando luto. Iria começar vida nova em algum lugar bem longe, talvez começando por uma turnê pela América do Sul.

Sem saber, Claudius salvou a vida de dona Naomi.

53 — O poema

Alana acordou ouvindo um barulho estranho. Olhou para o relógio digital na cabeceira da cama e viu que ainda eram 4 horas. O quarto estava na penumbra, iluminado apenas pelo mostrador do relógio e por uma fresta de luz que entrava pela porta encostada que dava para a sala.

Estendeu o braço para o lado e sua mão tocou o lençol frio. Estar sozinha na cama a despertou de vez.

Levantou, pegou seu roupão vermelho, vestiu sobre a camisola e se dirigiu para a porta.

Claudius estava no quarto ao lado, aquele que servia de escritório, sentado em frente à mesa onde estava seu laptop, ligado. Era de onde vinha a luz. O barulho que a acordara vinha da impressora que estava em funcionamento.

— O que foi querido? Trabalhando à essa hora?

Ele se virou. Também usava um roupão, o azul que ela lhe comprara em Nova Iorque, na viagem.

— Não querida, desculpe se te acordei. Não é trabalho. Acho que é um pouco de ansiedade, não conseguia dormir. Deve ser por causa da minha partida, daqui a dois dias...

"Que estranho esse homem.", pensou. Ele parecia calmo, e se referindo à própria morte como "minha partida"... Precisava saber qual era o problema.

— Está arrependido? Pensando em desistir?

Perguntou por perguntar, já que tinha total domínio sobre ele.

— Não é isso. Eu estava pensando na minha vida, no que vou deixar. Quanto mais penso, mais vejo que não fiz nada a vida toda. Só tive vida de verdade nos últimos três meses, só com você...

"Essa não, ele está ficando depressivo"... Antes que dissesse qualquer coisa, Claudius continuou:

— Eu queria deixar alguma coisa palpável para ser lembrado depois de partir, já que não terei tempo de realizar nenhum dos seus sonhos. Fiz isto para você, para que se lembre de mim depois que eu me for.

Pegou a folha que a impressora despejava e lhe entregou. Ela leu:

Quando eu ainda não te conhecia
Eu sentia o vento, do sol o calor,
Pensava saber o que era amor
E até a luz do luar existia
Um dia meu olhar te encontrou
Vi que eu vivia apenas uma ilusão
Tive roubado o meu coração
Quando seu sorriso a tudo ofuscou
Nem sol, nem lua, nem vento
Nada mais disto é preciso
Na presença do seu sorriso
Só sobrou um sentimento
Apenas uma certeza me acalenta
Saber que por você vou viver
Sem nunca mais poder esquecer
Que seu amor é o que me sustenta.

Alana nunca tinha recebido um poema, feito para ela. Se não fosse uma vampira sem alma teria ficado emocionada.

— Gostei, obrigada amor. Mesmo.

Estranho esse sentimento, esse tal de "amor". Parece que faz as pessoas perderem a própria individualidade. Esta parte ainda era um mistério. Todo o relacionamento dos últimos três meses era um mistério. Pelo acordo ela tinha que fazer Claudius feliz. Entregava seu corpo e seu tempo com este objetivo, mas no fundo tudo não passava de um relacionamento mecânico, já que não podia amar, nem sentir amizade, gratidão e nem nada parecido. Fez um acordo apenas para passar um tempo com sua próxima vítima, esperando pelo momento certo para se alimentar e terminar com tudo. Mas para Claudius era diferente. Ele se comprometia por completo, vivia cada segundo plenamente, se entregava de corpo, alma e sentimentos, literalmente. Ela podia não entender de sentimentos, mas um se tornava muito forte: inveja. Invejava tudo o que ele sentia, como se comportava, como se entregava, como se sentia feliz apenas por estar ao seu lado, por se preocupar. O triste era saber que nunca sentiria nada disto. Para ter sentimentos precisava de uma alma. O que é impossível.

Não queria continuar com aquela conversa. Não com um homem melancólico, que precisava se manter feliz pelos próximos dois dias. Era o acordo.

Para reverter esta situação, o único remédio para Claudius seria ela mesma. Era a única que tinha a capacidade de distraí-lo, de fazê-lo feliz, embora nada disso importasse. Em dois dias teria sua recompensa e sua vitória.

Estendeu o braço, segurou na mão dele e o puxou gentilmente. Disse em seu ouvido:

— Ainda faltam algumas horas para o dia raiar. Venha, quero você na cama, comigo. Podemos nos aquecer mais um pouco, bem juntinhos...

Ele não resistia a nenhum dos seus convites. Fechou o laptop e a seguiu, docilmente.

Alana levou consigo aquela folha para guardar, seu primeiro poema em duzentos e oitenta anos.

54 — O último jantar

Finalmente chegou o dia 20 de dezembro. Ambos tinham combinado que aquele dia teria que parecer o mais normal possível.

Logo cedo, Alana foi para a floricultura e Claudius para a LightYear, como faziam quase todos os dias desde que a empresa começara a funcionar. Algumas vezes ela também ficava trabalhando na empresa já que ainda era uma secretária. Mais quatro pessoas já estavam trabalhando com eles, antigos colegas do emprego anterior, incluindo Serguei.

Claudius já havia preparado todos os documentos, projetos, senhas, para que fossem encontrados facilmente por seu sucessor, na semana seguinte. Acreditava sinceramente que Roberto não teria nenhuma dificuldade para dar continuidade a tudo o que estava em andamento. Alana também tinha ajudado muito com todo o planejamento, ela adorava isso. Ele tinha que reconhecer, não teria conseguido nem a metade sem a ajuda dela, que inclusive tinha se prontificado a ajudar Roberto nas primeiras semanas, seria uma forma de amenizar seu suposto luto.

Trabalhou só até a hora do almoço. Queria se despedir dos colegas, afinal era seu último dia ali, mas sabia que não podia fazer isto.

Qualquer coisa que fizesse antecipando seu acidente seria um indício de suicídio, e poria tudo a perder. Era preciso se concentrar: Alana precisava vir em primeiro lugar, sempre. Saiu dizendo que precisava comprar presentes de Natal para suas filhas e que não voltaria mais naquele dia. Não podia dizer a verdade: que não voltaria mais em dia nenhum.

Foi a um shopping que tinha supermercado, para fazer as compras planejadas para o churrasco literal. Comprou também os presentes, comida japonesa pronta para o jantar, uma garrafa de saquê para acompanhar.... Ainda estava um pouco confuso, nunca tinha morrido antes. Para passar o tempo entrou numa loja que vendia filmes em DVD, comprou um título em Blu-ray que ele já tinha assistido, mas que queria ver novamente junto da amada: "O Homem Bicentenário".

De volta ao apartamento, preparou a pequena mesa da minúscula cozinha para o jantar: sushi e sashimi. Pôs o saquê para gelar. Fez os pacotes dos presentes para as filhas, etiquetou cada um. Fazia parte dos planos, a preparação para o Natal afastava a ideia de suicídio.

Quando Alana chegou, por volta de 20 horas, ele já tinha tomado um banho, vestido um pijama e a estava aguardando para jantarem. Depois assistiriam o filme, abraçados no sofá como faziam sempre. Quando ela questionou sobre o título, ele respondeu com a frase principal do filme:

— "Isto fica feliz em servir", minha senhora!

Era só o que conseguia pensar. Claudius não queria pressionar Alana, não queria apressá-la e nem a retardar. Sabia que ela também estava ansiosa, esperava por aquela noite havia anos, sofria com a sede, mas também sabia que ela se sentia vitoriosa, estava batendo seu próprio recorde auto imposto. Que mulher maravilhosa, uma batalhadora e vencedora, à custa de muito sacrifício.

Alana também foi tomar uma ducha antes do jantar. Voltou sem nenhuma maquiagem, vestida com uma camisola de seda quase transparente que mal escondia suas curvas, cabelos presos com um elástico, chinelos de dedo. Lindíssima. Claudius estava boquiaberto, ela era realmente uma deusa.

Nenhum dos dois conseguiu comer a comida japonesa, mas beberam toda a garrafa de saquê. Ele tinha perdido o apetite e ela estava com apetite demais, mas não daquela comida.

O filme demorou mais de duas horas para terminar. Já passava de 23 horas quando foram para o quarto e se deitaram. Claudius ainda fez um último pedido:

— Alana, você vai sofrer alguma transformação?

— Acho que sim, meus dentes crescem e alguma coisa acontece com meus olhos...

— Posso te pedir mais uma coisa? Não deixe que eu veja.... Quero guardar seu sorriso como última lembrança, seja lá para onde eu vá...

Alana achou que fazia sentido. Sorriu. Mas tinha atrasado aquilo por muito tempo, estavam na última hora da data limite. Ela tinha cumprido a parte do acordo, faltava cobrar o preço. A última clausula.

Lentamente esticou o braço e tapou os olhos dele, girando a cabeça gentilmente para o lado.

Lá estava o prêmio, um pescoço grosso, com veias fortes e pulsantes, a desafiando e convidando.

Beijou-o várias vezes, na boca e principalmente no pescoço, até que não resistiu mais, permitindo que a sede viesse buscar a parte que lhe cabia. Os dentes caninos se apresentaram. Mordeu o delicioso pescoço lentamente, com carinho, mas com firmeza. Sentiu quando o sangue começou a jorrar com força, em golfadas, para dentro da sua boca. Nem parecia que era ela que precisava se alimentar, era como se o sangue quisesse alimentá-la.

Ouviu as últimas palavras que Claudius pronunciou junto ao seu ouvido. Que bobo, apaixonado até o último momento. Estava há tanto tempo sem se alimentar que o sangue parecia diferente. Seu corpo sentia a energia revigorante se espalhando, enquanto bebia aquele néctar.

O fluxo de sangue parou de jorrar quando o coração dele parou.

Claudius estava morto.

Esperou nove anos e meio para uma refeição que durou menos de 3 minutos.

Parte 9 — Um novo dia

55 — Saciada

Assim que afastou a boca do pescoço, já começou a sentir alguma coisa acontecendo.

O sangue tinha sido delicioso, forte, quente, espesso, parecia mágico. O melhor sangue que jamais provara.

Estava saciada e pela primeira vez desde que precisou se alimentar de sangue humano seus caninos se retraíram espontaneamente, sem que precisasse se concentrar para isto. Ainda nem havia sugado tudo.

Já havia feito isso dezenas de vezes, mas dessa vez foi diferente: todas as suas vítimas, mesmo as que se diziam apaixonadas, se arrependiam no último momento, ao se deparar frente a frente com a morte. Sempre pudera ver e sentir o terror, o medo, o arrependimento no momento final. Isto impregnava o sangue, mudava seu sabor, contaminava.

Olhou para o rosto do morto na sua frente: estava sereno, em paz, tranquilo, parecia dormir como uma criança. Não havia sinal de nenhum daqueles sentimentos. Talvez fosse isso que alterou o sabor do sangue para melhor.

Conforme seu corpo absorvia o alimento recebido, sua mente assimilava o que realmente estava acontecendo. As revelações começaram a vir, uma depois da outra, numa enxurrada de emoções.

Conseguia pensar bem claramente neste momento em que não sentia mais nenhuma sede.

Ele não temera a morte. Sabia que ia morrer. Sabia que estava dando sua vida para ela e tinha aceitado isso, pois a amava de verdade. Não foi um sacrifício, mas uma doação, uma oferenda.

Só agora, sem sede, começava a perceber a intensidade daquela paixão e as consequências disso. O sangue dele estava puro, só continha amor, gratidão, admiração, nenhum outro sentimento contaminante, nada que o fizesse se degradar. E o sangue transportava sentimentos tão intensos, era tão vivo que poderia alimentar suas células regenerativas por muito tempo. Isso criava um efeito em cadeia, regeneração sem se degradar, sem se diluir. Nunca precisaria ser reposto, não havia mais necessidade de ter sede, e por tabela, nem de dentes caninos salientes.

ESTAVA CURADA DA SEDE.

Lembrou detalhes dos últimos três meses em que havia convivido com aquele homem. De como havia sido paparicada, mimada, amada, as brincadeiras dele, tudo o que ele sacrificara para ficar com ela. As artimanhas que ele inventava, algumas vezes só para conseguir um beijo.... Ou um abraço.... Ou um selinho. No fundo, só para aproveitar cada segundo ao lado dela.

Sentiria falta daquilo. Se pegou imaginando como seria lambuzá-lo de sorvete, só para poder beijá-lo depois.... Uma brincadeira que seria típica dele.

Percebeu que teria sido muito fácil amá-lo, talvez até com a mesma intensidade com que ele a amara. Isso se ela não fosse uma vampira sem alma.

Também não havia necessidade de tê-lo matado. Se as posições fossem invertidas, ele precisando se alimentar dela, com certeza ele jamais a mataria. Um apaixonado de verdade morre por amor, mas não mata por amor.

E as revelações continuavam, ainda havia mais...

56 — A maior revelação

Limpou uma gota de sangue que escorria do pescoço dele, com a ponta do lençol. Foi muito bom o pouco tempo que cuidara daquele pescoço, sua propriedade. E passou a acariciar o rosto.

Passou a mão pelas bochechas, pela boca, pelos olhos, pelos cabelos. Mais alguns anos e ele estaria completamente careca. Agora não mais. Notou que o rosto tinha alguma coisa diferente: toda aquela serenidade, aquela paz, ter morrido tão feliz, deixava aquele rosto... lindo?

Foi quando percebeu que ela também estava diferente: também estava em paz, tranquila, serena.

Cenas da sua vida passaram em sua mente, como um filme acelerado. As mais marcantes tinham Pin Yang morrendo, o General Noboiushi a protegendo, seu marido Ferdinand apaixonado, o velho que a acolhera, dona Naomi a aceitando como filha, e Claudius. Em todas aquelas manifestações havia alguma forma de amor, desde a mais leve, conhecida como amizade, até a mais completa, a que ela tinha vivido nos últimos três meses. E agora Claudius estava morto, tinha acabado, só restou um poema.

"Que pena, foi por pouco tempo, mas foi muito bom.".

Ele tinha morrido há poucos minutos, o corpo dele ainda estava quente junto dela, e ela já sentia saudades.

Epa. Um alarme começou a tocar na mente dela.

Ela estava SENTINDO SAUDADES.

Lembrou das últimas palavras dele e a revelação mais importante começou a tomar forma no cérebro. Na hora pareceram três palavras bobas, mas agora começavam a fazer sentido. Não foi só o poema que ele deixou. Sorriu ao compreender e por um momento pareceu que o sorriso iluminava aquele rosto. Seus olhos se encheram de lágrimas, como não acontecia a quase três séculos.

Não eram as palavras em si que importavam, mas o momento, a intensidade e a sinceridade com que foram ditas. Três palavras apenas, que tinham vindo do interior mais profundo e que tinham um significado inimaginável.

Eram o presente final, a última entrega, um sincero agradecimento. Mas o que ele queria agradecer, se apenas tinham feito um acordo?

Era certo que ambos tinham cumprido cada qual a sua parte, e por isso ela estava saciada agora. Mas ela também atendeu um pedido, fazendo o que ele queria. E ele só pediu para ser feliz enquanto estivesse com ela, nada mais. O que poderia ser ofertado para retribuir algo impossível de se medir? Como retribuir felicidade? Ele achou a resposta no que tinha de mais valioso, entregando tudo para a mulher que acreditava ser o verdadeiro amor de toda uma vida. Um presente de verdade, algo que ele sabia que ela queria e não tinha. Talvez nem mesmo soubesse o que estava entregando.

Não sabia se aquilo podia ser transportado através do sangue, ou se o sangue dele continha apenas a pureza e a energia necessária para ressuscitar a sua própria, mas agora tinha certeza do que estava sentindo, aquilo que vinha bem do fundo do coração.

Neste exato momento, estava curada da sede e TINHA UMA ALMA.

As lágrimas desabaram de vez inundando o corpo sem vida. Poder chorar confirmava que não era mais uma vampira. Estava humana novamente! Não precisou de coragem para sussurrar:

— Querido, o que aconteceu comigo?

Ela quase podia ouvir a resposta, de onde quer que ele estivesse:

— Agora você é uma deusa de verdade! — E como era típico dele:

— A mais maravilhosa das deusas...

Era exatamente assim que se sentia. A sede nunca mais voltaria. Como sentia as outras características, a regeneração, a força, a velocidade, agora era uma verdadeira deusa: imortal e poderosa.

Graças ao homem apaixonado que literalmente morreu por amor, se entregando verdadeiramente de corpo e alma. Como era possível alguém amar tanto assim?

57 — Palavras finais

De repente compreendia aquele sentimento tão complexo. Tendo uma alma e não tendo sede entendeu que também tinha a capacidade de amar, de se entregar por completo para alguém.

E esta percepção exigia uma mudança de planos.

Sabia que tinha dado a palavra de que seguiria à risca os planos que os dois tinham feito juntos. Mas antes tinha sido a palavra de uma vampira sem alma, agora ela era uma deusa poderosa que podia fazer qualquer coisa.

Abraçou o corpo sem vida ao lado e deitou a cabeça no peito dele. Ainda estava quente e macio, pois o "rigor mortis" ainda demoraria algumas horas para se instalar. E começou a planejar as próximas ações, metódica como era. Sem pressa, com toda a eternidade pela frente.

Podia dormir mais algumas horas. Queria estar bem-disposta no dia seguinte, uma sexta-feira. Planejou uma estratégia simples:

Ficaria na cama até o dia amanhecer. Cedinho, ligaria para a Amor Perfeito dizendo que precisava tirar o dia de folga, em preparação para o Natal. Depois de uma chuveirada, arrumaria o quarto e o apartamento.

Ainda pela manhã iria ao shopping e compraria aquela camisola decotada, curta, de cetim vermelho, que havia visto. Parecia apropriada.

Almoçaria por lá.

Á tarde, iria a um salão de beleza, no shopping mesmo. Faria unhas, pés, massagem, um banho com sais aromáticos. E faria um penteado, queria prender os cabelos bem no alto da cabeça, à moda japonesa.

Á noite, estaria de volta ao apartamento.

A transformação só se completa depois de 24 horas. E quando ele acordar, forte e saudável, ela estará do lado dele, linda e maravilhosa, usando a camisola curta e decotada, do jeito que ele gosta. Abraçada a ele, sorrindo e iluminando todo o quarto com o sorriso, como só uma deusa apaixonada pode fazer: a deusa que só os olhos dele tinham visto.

Seu querido vampiro vai acordar com sede, muita sede. Precisará de sangue quente e fresco para a primeira refeição.

No momento em que ele morder o pescoço dela, quando o sangue renovado, agora puro e carregado de bons sentimentos começar a alimentá-lo, ela vai dizer três palavras bem pertinho do ouvido dele e vai retribuir um presente. Palavras que fluirão bem do fundo da alma recém-nascida, com toda a sinceridade, gratidão, admiração e muito, mas muito amor. As mesmas palavras bobas e poderosas que ele usou. Nunca mais vai esquecer da voz dele, dizendo baixinho só para ela:

— Obrigado, meu amor!

Abraçou-o com mais força e se aconchegou melhor ao corpo que se regenerava, usando o lençol para enxugar onde estava mais molhado pelas lágrimas. Antes de adormecer ainda lhe ocorreu um outro pensamento:

— Quando se casar, Natasha não terá um pai para levá-la ao altar. Terá um deus...

Alana Ghosten e o Sorriso da Vampira

Epílogo

O Aeroporto Internacional de Guarulhos estava bastante movimentado naquele início de noite, como acontecia em todos os sábados. Especialmente na área de desembarque.

Vários aviões de diversas partes do mundo haviam acabado de pousar, inclusive um da American Airlines, proveniente de New York. Os homens que saíam do terminal e se dirigiam para um carro todo negro, uma SUV executiva, tinham vindo nele.

Todos os quatro japoneses se vestiam de negro e usavam óculos escuros apesar de já ser noite. Os dois enormes que ladeavam o chefe pareciam lutadores de MMA. O mais magro que vinha atrás parecia um mordomo. O chefe, no centro do grupo, era um jovem executivo, aparentando uns 35 anos, barba e bigode aparados curtos. Na gravata, também negra, podia se ver um prendedor de ouro em forma de dragão com asas de morcego. O homem tinha um jeito de playboy.

Poucos minutos antes, a atendente da alfândega lhe tinha feito uma pergunta de praxe:

— Pretende se demorar muito tempo no Brasil, Sr. Wang?

A resposta dele tinha sido cordial, embora fria, sem sequer sorrir:

— Não desta vez. Vim apenas buscar minha noiva, e levá-la para casa...

Sobre o Autor

Clovis Nicacio usa a experiência adquirida em noites mal dormidas, com patrões chupando sangue, de quando era Analista de Sistemas, para criar cenários, personagens e situações possíveis, dentro do mundo ficcional.

Além de vampiras, também escreve sobre viagens espaciais, planetas habitados por estranhas criaturas, preconceito, ação, romances inusitados e todo tipo de situação. Algumas personagens fogem do universo onde foram criadas para ganhar vida autônoma em publicações próprias. É autodidata e um eterno pesquisador, sempre aprimorando as técnicas de escrita aplicadas em todas as criações.

Alana Ghosten e o Sorriso da Vampira

Sobre a Casa do Escritor

A Casa do Escritor é uma consultoria de autopublicação independente que presta serviços e auxilia escritores no processo de publicação e divulgação de seus livros. Se você tem interesse em publicar e lançar um livro, envie um e-mail para eldes@lanceumlivro.com com o assunto CASA DO ESCRITOR.

Conheça os livros publicados em casadoescritor.com.br

www.ingramcontent.com/pod-product-compliance
Lightning Source LLC
Chambersburg PA
CBHW051823170626
46807CB00003B/1005